U0559372

欢迎来到
姆明谷

姆明爱好者暖心珍藏

Labora et amare.

工作且热爱

印有托芙座右铭“Labora et Amare（工作且热爱）”，
且为托芙自己手工绘制的藏书票

图书在版编目（CIP）数据

欢迎来到姆明谷：姆明爱好者暖心珍藏 /（英）菲利普·阿德著；（芬）托芙·扬松绘；迟庆立译．-- 北京：海豚出版社，2024.6

ISBN 978-7-5110-6704-3

Ⅰ．①欢… Ⅱ．①菲… ②托… ③迟… Ⅲ．①儿童故事-图画故事-英国-现代 Ⅳ．①I561.85

中国国家版本馆 CIP 数据核字（2023）第 255086 号

版权登记号：01-2023-5164

出 版 人：王　磊

项目策划：奇想国童书
责任编辑：张国良　韦　玮
特约编辑：魏亚西　孙金蕾
装帧设计：李困困　李燕萍
责任印制：于浩杰　蔡　丽
法律顾问：中咨律师事务所　殷　斌　律师

出　　版：海豚出版社
社　　址：北京市西城区百万庄大街 24 号　　邮　编：100037
电　　话：010-68996147（总编室）010-64049180 转 805（销售）
传　　真：010-68996147
印　　刷：深圳市福圣印刷有限公司
经　　销：全国新华书店及各大网络书店
开　　本：16 开（889mm × 1194mm）
印　　张：22.75
字　　数：191 千字
版　　次：2024 年 6 月第 1 版　　印　　次：2024 年 6 月第 1 次印刷
标准书号：ISBN 978-7-5110-6704-3
定　　价：228.00 元

欢迎来到姆明谷

姆明爱好者暖心珍藏

[英]菲利普·阿德/著

[芬兰]托芙·扬松/绘　迟庆立/译

海豚出版社
DOLPHIN BOOKS
CICG 中国国际传播集团

目 录

前言（*弗兰克·科特雷尔-博伊斯/文*） 2

简介 6

寻找姆明…… 8

姆明一家和他们的朋友 29

姆明谷的阴暗面 140

姆明谷的音乐 161

没有那么熟的面孔 167

姆明谷的魔法 179

姆明谷的一年 199

大灾难 223

神秘生物 235

姆明式用语 242

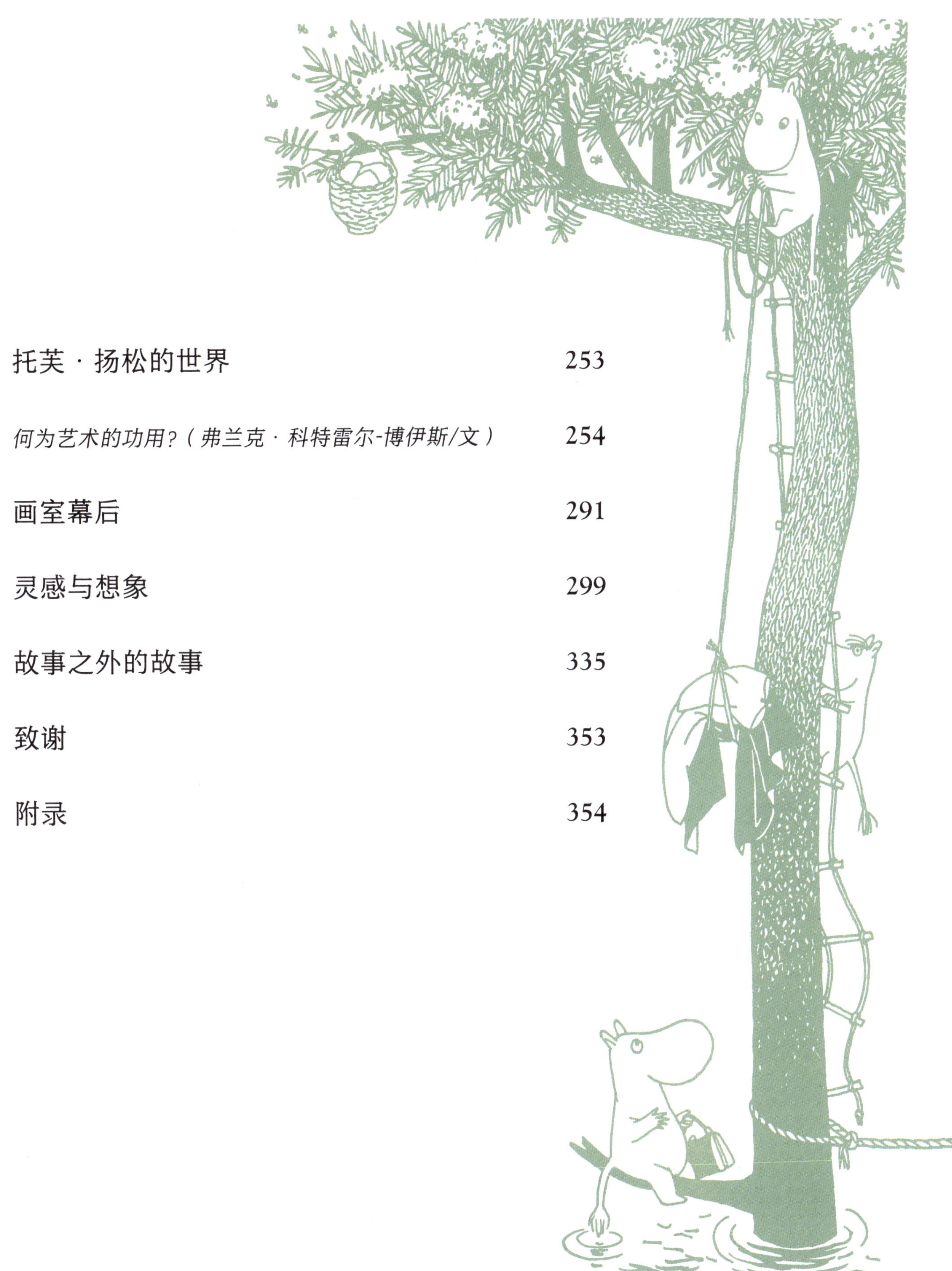

托芙·扬松的世界 253

何为艺术的功用？（弗兰克·科特雷尔-博伊斯/文） 254

画室幕后 291

灵感与想象 299

故事之外的故事 335

致谢 353

附录 354

前言

弗兰克·科特里尔-博伊斯/文

姆明谷是虚构的，有关姆明书中的情节与任何真人真事如有雷同，纯属巧合，但以下几点除外：

芬兰这个国家是真实存在的。那儿的冬天白雪晶莹，春天来得很慢，夏天值得冒险；那儿的木屋做工精致，屋里摆放着华丽的炉子；还有那些群岛，像一连串投向海面的浮石，蜿蜒着没入夕阳。小时候，我以为这些都是托芙·扬松编出来的，以为芬兰就像纳尼亚①一样，是不可能存在的魔幻之地。长大了却发现芬兰真的存在，而托芙·扬松也确有其人。

在我那本由企鹅出版集团②旗下品牌海雀图书出版的书里，作者简介部分只提到她"住在芬兰湾一个偏僻的小岛上"，只字未提她的年龄、背景、长相等其他情况。我甚至连她的名字该怎么发音都不知道，只觉得这个名字听起来似乎很像她书中的某个人物。托芙（Tove）——我想象着"托芙"的形象，或许有点儿像托夫（Toffle）或者托夫特（Toft）。直到几十年后，我偶然翻起一本关于芬兰艺术的书，看到了那幅名为《林克斯·博阿》③的出色画作。那是托芙·扬松的自画像。那一刻我不禁屏住了呼吸，感觉就像与自己的守护天使面对面一样。

① 纳尼亚：Narnia，英国作家 C. S. 刘易斯在二十世纪五十年代所著的英美儿童文学经典系列"纳尼亚传奇"中呈现的一片神奇大陆。

② 企鹅出版集团：世界最著名的英语图书出版商之一。

③《林克斯·博阿》：*Lynx Boa*，托芙·扬松绘于 1942 年的一幅自画像。

我终于知道了托芙的模样：一个真人，一位女性，一位带着狂野气息的女性；披着毛皮，眼角上挑，目光犀利。所以我也差不多猜对了！她看起来确实很像从姆明谷走出来的人物——小美。

姆明谷不同于其他任何曾在我想象中盘桓的魔幻之地：仙境、纳尼亚、中土世界[①]，还有地海[②]……随着人渐渐长大，终有一天你不得不难过地承认，这些地方只存在于书中。而姆明世界中的人物和行为习惯，日子越久，我就越发现原来它们就存在于我的日常生活中。

比如，希米伦（性格霸道）、费尼钟（神经质）、林中小人（胆小）、麝鼠（垂头丧气），还有斯诺尔克（万事通），与之对应的形形色色的人我都遇到过，还与他们共事过。儿童文学往往会用社会阶层、种族或者职业来定义人物，姆明谷却为我们提供了汇聚各类人物性格、行为和信仰方式的索引，如同一本人心图谱。小时候我一直盼着长大能变成史力奇，不知怎么现在却成了姆明爸爸，有时候还发现自己有点儿像希米伦。

聚会

能将快乐描写得特别透彻的作家不多，扬松是其中一位。在《魔法师的帽子》结尾处，魔法师来拿回他的红宝石，当时姆明家正在举办聚会。所有人都在户外，树上挂着灯笼，月光明澈，孩子们在桌子底下钻来钻去。这个画面一直是我心里成功聚会的模板。聚会上，大家的友善让魔法师彻底放下芥蒂，一切问题都平和完满地解决了。之所以能这样，是因为尽兴的聚会是通往无限快乐的直通车。

① 中土世界：*Middle-earth*，英国作家J. R. R. 托尔金在《霍比特人》《魔戒》等一系列小说中创造的架空世界中的一块大陆和世界，字面含义是“中间的土地”，意指“人类居住的陆地”。

② 地海：*Earthsea*，美国作家厄休拉·勒古恩创造的一个虚构国度，因《地海巫师》等多部以此为背景的奇幻小说而广为人知。此系列小说合称为《地海传奇》。

家

从格林童话时代起，一个孩子要想有出路，就只有从家里逃出去。家里要么有心思恶毒的继母，要么就是父亲专制独裁，想方设法要阻止你与真爱结合，不让你追逐心中的梦想。而托芙·扬松则彻底颠覆了这种观念。就算你不是姆明，也可以把姆明家当成自己的家。在那个尖尖的屋顶下生活着许多不同的物种，即便他们对食物各有喜好，生活方式也各有不同，却快乐地生活在一起。冬天时姆明们要冬眠，史力奇则会卷好帐篷去南方，在某种意义上，生活安定的姆明需要史力奇离开，帮他们去冒险。反过来，史力奇也需要有一隅回归之处，有一沿窗台可以在下面吹口哨。家于是成为一个彼此容纳的地方。这样的描绘有力又真实，如此真实，几乎是虚构故事中独一无二的。

在很多故事里，家往往是你必须抛下的东西。关于这点，史上最伟大的故事之一，是《魔法师的帽子》的开头，姆明被魔法师的帽子变了形的那一段。朋友们没有一个认得他，他绝望极了。这时妈妈来了，她望着小姆明充满恐惧的眼睛说：“不管发生了什么，我都能认出你。”如果你经历过家里正值青春期的孩子误入歧途，或蹒跚学步的孩子乱发脾气，就会知道：这种透过噪音与暴怒，始终认得自己深爱的孩子的能力，真实得就和芬兰真的存在一样。

灾难

姆明谷不是一个安全的地方。姆明们做着煎饼、喝着咖啡，但他们脚下的土地却极不安稳。火山爆发，彗星扫过天空呼啸而来，洪水咆哮着涌入山谷——生命是如此脆弱。要知道，姆明谷系列的第一本《姆明和大洪水》，最早出版于第二次世界大战接近尾声时，战争的阴影在这本书中随处可见：姆明一家人失散了；路上满是流离失所、沉默不语的哈蒂法特纳人。不过故事中也时时可见小小的善举，比如姆明把斯诺尔克的眼镜还了回去。就是这些小小的举动——人们的善意、塞满了有用东西的手提包，还有要好好享受短暂夏天的决心，支撑着大家熬过来。

几年前，一枝常青藤循着墙上的洞钻进了我家厨房，如今已爬满了整个天花板。这对天花板上的灰浆肯定不太友好，但我就是下不了手砍掉它。因为它总是让我想起姆明妈妈把干植物标本扔进魔法师的帽子，结果姆明家变成了丛林的场景。姆明们就是这样，他们总有办法进入你的世界。而扬松又是如何施下这魔法的呢？她凭的是一颗赤诚而宽厚的心。

在深爱的母亲离世后，托芙·扬松创作了《十一月的姆明山谷》，这部优秀的作品写的是心碎与失去。在姆明谷，无论情感多么强烈或多么私密，都是可以说出来的，而托芙更把自己的真心注入其中。正因为在心灵体验上我们有着太多的共通之处，所以她的文字个人色彩越浓，故事就越是打动人心。这也是为什么她的书比大多数现实主义小说读起来还要真实，为什么我这个出生于英格兰北部工薪家庭的孩子，会觉得芬兰湾小岛上这位中产阶层的不羁女性，是专门在为我而写。这就是伟大作品的力量。

托芙·扬松将芬兰变成了一片不可思议的魔幻之地。她以比谁都生动、都令人愉悦的方式，让我们明白生活本身其实是多么的充满魔力和不可思议。

简　介

菲利普·阿德/文

不论是在真实世界，还是在文学作品中，都很难找到与姆明相似的事物了。并且，不仅限于儿童文学作品，因为姆明拥有全年龄、遍布全球的拥趸。小孩子喜欢姆明外形可爱、轮廓简洁。成年人则欣悦于姆明的世界——在这个世界里，金疙瘩最适合的用途是给花圃砌出漂亮的边；圣诞树顶的星星拿来做嘉奖勇气的奖章刚刚好；伸出援手比给予最大颗的红宝石更重要。更让人不可思议的是，书中的文字和插画居然出自同一个人的头脑与手笔——她就是芬兰作家兼画家托芙·扬松。

扬松的世界是一个独特的世界，有着奇特的视角。这里充满了魔法、友谊、家庭和爱，以质朴而明澈的方式，带着淡淡的忧伤，展现在我们眼前。掩藏其中的，是扬松对哪怕最微小生命的希望、恐惧与梦想的非凡洞察力（对这些希望、恐惧和梦想，我们读者可能私下里也有很多共鸣）。而书中的人物，更是所有书籍中最活生生的：他们呼吸可闻，有趣又可爱，是让人感觉心里最暖融融的人物。

作　者　注

本书第一部分对姆明谷及谷中居民进行介绍，第二部分则对姆明谷卓越的缔造者托芙·扬松的世界一探究竟。

*人物：*姆明谷里所有的人物在本书中都会出现。可能你对其中有些人物不如别的人物熟悉，不用担心，本书能帮助你更深入地了解每个角色。如果你看到脚注号码，那说明我想到了很有趣、有用，而且肯定好玩的东西，要在那一页的页脚告诉你。瞧！我什么都考虑周全了。

*名字：*姆明谷的很多居民和访客是以他们各自的物种为名的，比如“希米伦”“费尼钟”，还有最重要的“姆明”。本书提到这些名词时，有时特指某一个人物，有时也泛指一个物种，比如“姆明有个大鼻子”，或者“费尼钟总是很神经质”。希望你能分辨出它们的不同含义。我保证，在特定的语境里，这一点儿也不难。

*资料来源：*本书中的所有信息均收集自被公认为“姆明谷系列”的八本书。姆明谷漫画以及《姆明和大洪水》一书中的信息不包括在内。学界认为，《姆明和大洪水》在某种程度上有别于八本公认的“姆明谷系列”。

*插图：*为了让本书赏心悦目，像姆明妈妈准备的野餐一样美味，我们在插图设计上做了灵活处理。眼尖的读者会注意到，有时候，引用的文字和旁边的插图出自不同的姆明故事，但放在一起却很能说明我们的观点——而且还很漂亮。

寻找姆明……

怎么找到姆明

姆明的样子

姆明的个子小小的，很害羞。它的身体圆滚滚的，还长着一对小耳朵。不过，说实话，你要是真有幸能见到一只姆明，首先引起你注意的会是TA的鼻子。我说是TA的鼻子，是因为我不知道你有幸看到的姆明是男的，还是女的。所有的男姆明都喜欢戴帽子，姆明爸爸就是个例子；而所有的女姆明都喜欢挎一只手提包，姆明妈妈就是例子。事实上，有一次姆明妈妈不知把手提包忘哪儿了，结果姆明爸爸险些没认出她来。

咱们接着说鼻子的事。

不管个子大小，或者性格是不是害羞，反正和身体的其他部位相比，TA的鼻子——依然是泛指的姆明——无论如何都称得上一个“大”字。你就把它想作河马的鼻子吧，只是上面覆盖着丝绒般的短毛，就跟他们圆滚滚的身上遍布的柔顺绒毛一样。唯一一眼看上去真正毛茸茸的部分是尾巴尖，还有的姆明两耳间也毛茸茸的。

姆明的毛色是白的。你可能会认为，在姆明居住的北方雪国，白色是完美的保护色。这点还真有可能成真——要不是因为下面这个很重要的原因：姆明们喜欢在睡梦中过冬（专业的说法叫“冬眠”）。他们会用松针把肚子撑得饱饱的，舒舒服服地钻到毯子里，安安稳稳地睡上很久很久，中间不会醒来，除非是出了很不寻常的状况。比如有一次，姆明居然在冬天醒过来，还下了床（与姆明谷里绝大多数居民一样，姆明也是两条腿直立行走）。

至于姆明的嘴是什么样子，这个就难讲了……反正是在那个大鼻子下面的什么地方。

姆明在哪里

要找到备受欢迎的姆明一家，肯定得去姆明谷——先有姆明才有姆明谷，姆明可不是因为姆明谷才得名的。你得注意找一幢很高的房子：房子是蓝色的，有弧形的墙面，那就是姆明家了（姆明爸爸盖的）。等你找到了房子，看到了房子北面的河和那片山，还有房子西面的海，就可以留心姆明的身影了。

这座山谷美极了。到处都能看到快乐的小动物和盛开的花树；一条窄窄的小河从山上流下来，水清亮亮的，在姆明家的房子边上拐了一个弯，再向另一座山谷流去，消失在远方。不用说，那边的小动物一定也在纳闷儿：这条窄窄的小河究竟是从哪里流过来的呢。

——《姆明山谷的彗星》

姆明家的成员有姆明妈妈、姆明爸爸和姆明。你可能觉得要找到他们很简单，不过实际上，因为他们待人友善，很受大家的喜爱和尊重，所以家里客人总是络绎不绝，像吸吸、史力奇、美宝、小美……偶尔，费尼钟和希米伦也会来，所以说不定得在人群中才能找到他们。

姆明的妈妈爸爸总是不声不响地欢迎所有的朋友。添上一张床，再在餐桌上添上一片叶子。

——《魔法师的帽子》

如果你在那幢一眼就能认出的房子内外没有找到他们，可以去海滩和码头碰碰运气。姆明们喜欢在船上消闲，那种鱼鳞形状搭造的船——木头船板一片压着一片。姆明爸爸有很多海上冒险的经历——其实姆明一家三口，还有他们的一些朋友，这些年来都有过一些湿漉漉、水淋淋的冒险。

如果你觉得他们可能玩捉迷藏去了，记得一定要仔细翻翻浴场更衣室的柜子——装着有点儿漏气的充气橡胶希米伦的那个柜子。不过要当心那八只隐形的鼩鼱[①]。当然，这个说起来容易，做起来就难了。

① 鼩鼱：有着尖细的长鼻子，外形很像老鼠的小动物。隐形的鼩鼱指的是《姆明山谷的冬天》里住在迪琪家里的那几只。

什么季节找姆明

一年里寻找姆明的最佳时间是春天和夏天。这个时候，你总能在花园、树林，还有海滩上看到他们的身影。姆明没有不喜欢阳光和温暖的。他们总是盼着第一个春日的到来。

“我醒了！”歌妮满心期待地喊道。姆明用自己的鼻子温柔地蹭了蹭她的鼻子。“春天快乐！”他说。

——《姆明山谷的冬天》

除非你是想盯着在床上呼呼大睡的姆明看，不然冬天那几个月去找姆明是毫无意义的。姆明从十一月底到来年四月前都在冬眠，姆明妈妈、姆明爸爸还有姆明都在起居室里睡着，他们舒舒服服地裹着被子，要结结实实地睡上一百多天，等春天到来时才会醒来。当然，通常来说如此——通常来说。

行为与习惯

每个姆明的性格都不一样，但所有的姆明都有一些共同点——当然，不仅仅指外表。他们全都温和友善，非常好客，姆明祖先可能是一个例外，不过他已经非常非常老了（他的毛发也非常浓密）。姆明一向热情好客，就算是对完全陌生的人也不例外。就拿姆明谷的姆明一家来说吧：有一批客人——包括小美、迪琪和吸吸在内，一直都住在姆明家，他们已经成了姆明大家庭的一分子。

姆明们爱冒险、爱游乐，还爱搞恶作剧，比如姆明就曾经把刷子放到麝鼠的床上（麝鼠可没觉得这有多好玩儿）。所有的姆明都喜欢热热闹闹的聚会，他们做游戏、跳舞、听音乐，还有最最重要的——享受美食。

啊！把所有东西都吃光喝光，想聊什么聊什么，跳舞跳到脚都酸了，然后在破晓前的宁静里回家睡觉，那种感觉太美啦。

——《魔法师的帽子》

要是你有幸跟姆明吃过饭，会发现他们特别彬彬有礼。

姆明们不仅喝茶时会互相感谢，每次一起进餐后，都会互相感谢。他们喜欢友善的氛围。

——《姆明山谷的夏天》

姆明的食物

姆明们的食谱丰富多样，其中包括：

- 煎饼（钓马梅卢克鱼时当鱼饵也很好用）
- 梨子果酱（吸吸的最爱！他能把平底锅底都舔干净）
- 粥（那只特别老的老鼠埃玛就一点儿也不爱吃）
- 树莓汁（不光是从魔法师的帽子里流出来的树莓汁）
- 咖啡（对，就是咖啡）
- 葡萄干布丁（很适合在山洞里露营时吃）
- 杏仁小猪软糖（虽然姆明谷里好像没有真正的猪，但吸吸说麝鼠睡得像头猪）
- 松针（适合冬眠前把姆明的肚子塞得饱饱的）

姆明谷

那是世界上最美丽的山谷。

——《姆明山谷的彗星》

在北方的森林深处有一座姆明谷。它坐落在孤山和大海之间，是一个神奇的所在。那里住着姆明一家，还有很多别的生物，从斯诺尔克到海妖，从费尼钟到火精灵……山谷里忙忙碌碌、生机勃勃，金丝雀从早到晚唱个不停，杜鹃忙着宣告早春将近；那里有松树，有银色的桦树，甚至还有蓝色的梨树，到处盛开着硕大的花朵，小小的绿色萤火虫在黄昏的暗影中闪烁。

西边是海；东边是河，环绕着孤山；北边是大森林，像铺开的绿色地毯；南边姆明家的烟囱正冒着炊烟，那是姆明妈妈正在做早餐。

——《魔法师的帽子》

西北
东北
西
东
西南
南
东南
哈蒂法特纳岛
孤山
浴场
丁香花
小木屋
茉莉花
烟草
姆明谷
地图
一层
阳台
起居室
希米伦的房间
麝鼠的房间
某甲和某乙的房间
厨房
炉子
卫生间
顶层
姆明妈妈的房间
姆明爸爸的房间
吸吸的房间
空余房间
歌妮哥哥的房间
史力奇和姆明的房间
Tove

一条小河蜿蜒着穿过姆明谷，流向雾蒙蒙的孤山。有一次，因为一件紧急任务，姆明和吸吸坐着木筏，沿河顺流而下。他们探险之旅的目的地正是孤山最高峰上的那座天文台。

……他们就这么坐了好一会儿，脚悬在水上打着晃，谁也没说话。河水在他们脚下哗哗流淌，奔向史力奇一直向往的、陌生的远方……

——《魔法师的帽子》

小河上横跨着一座小桥，“宽窄刚好可以过一辆独轮车”，姆明很喜欢站在那里。他总是斜倚在桥栏上，凝望着河水，等待他的好朋友史力奇。史力奇的帐篷就搭在桥边。

姆明家位于树林边缘地带，一条小路从房子直通海边。姆明家八角阁的浴场更衣室就设在海滩上。

他们的朋友迪琪，还有八只隐形的鼩鼱，冬天时就住在浴场更衣室。姆明家有自己的码头，码头上泊着他们的船和小艇。他们时不时就会出发去冒险，前往很远很远的地方，但最后他们总会回到姆明谷，回到朋友身边。

外海的那座岛名叫哈蒂法特纳岛，是一小片孤零零的、与世隔绝的陆地。年年都有成百上千的哈蒂法特纳人踏上神秘的朝圣之旅，来到这座小岛。

姆明屋

房子相当小，但细细高高的，就是一栋姆明屋该有的样子。

——《姆明爸爸的回忆录》

Tove

姆明家的房子，你绝对不可能认错。房子高高的，像个圆柱，形状就像芬兰过去那种老式的泥炉，跟绝大多数的姆明屋一样，刷上了明亮的蓝色——衬着森林和山的暗色背景，看起来特别显眼。房子座落在山坡上，掩映在姆明谷的丁香树丛、梨树和桦树之间。

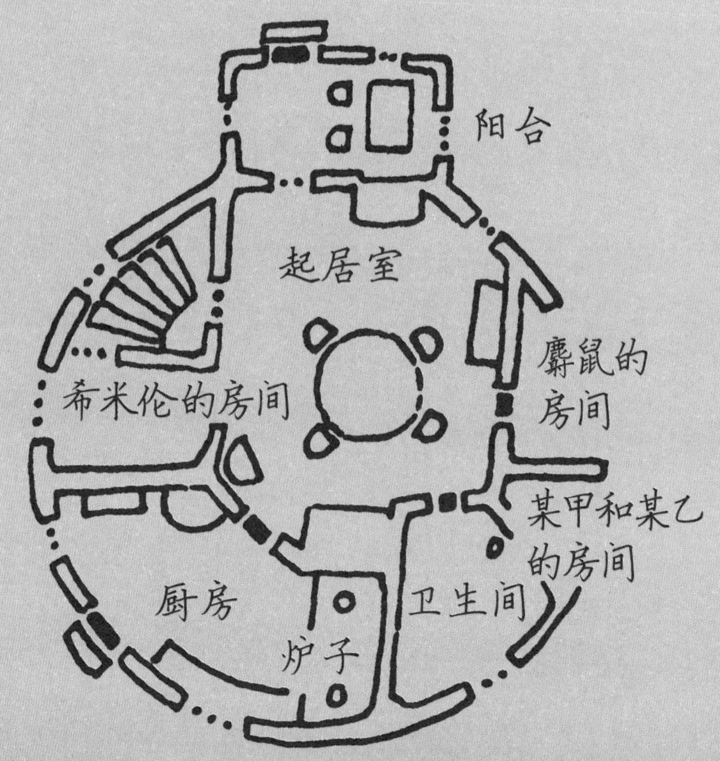

房子是姆明爸爸盖的。早先只有两层，后来又加高了一层，还加了一层地下室，好让大家庭的成员和客人们都有地方住。房子里拥挤又热闹，高矮不一、身形各异的朋友、客人们来来去去，也难怪在很多人眼中，姆明屋永远都是一派繁忙的景象。

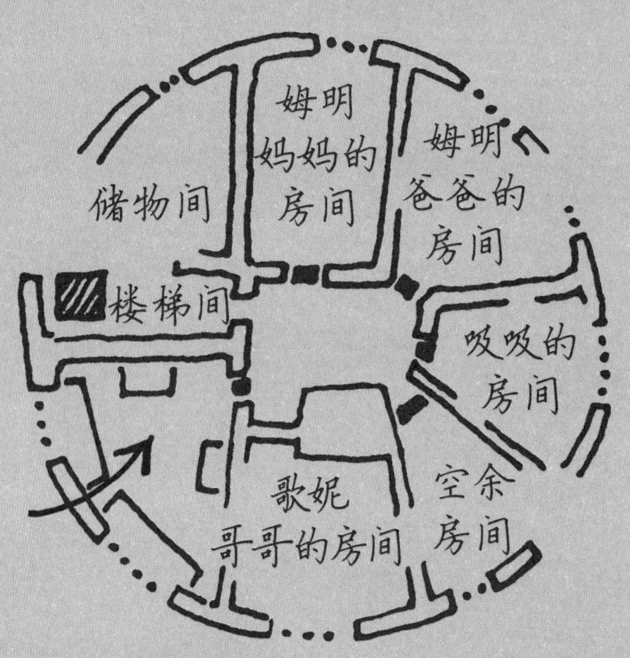

有一个姆明，有一片地方，那接下来就必须有栋房子。我准备自己动手盖一座房子，完完全全属于我的房子！

——《姆明爸爸的回忆录》

我的第一栋姆明屋以不可思议的速度建了起来。这肯定要归功于遗传的能力，但也要感谢天分、准确的判断和良好的审美。

——《姆明爸爸的回忆录》

楼下是起居室、厨房、卫生间，还有几间客房。楼上则住着姆明一家三口，还有吸吸、歌妮哥哥和史力奇睡觉的地方——史力奇如果没去野营，也没出门旅行的话，就住在那儿。有些房间的取暖设备用的是那种高高的泥炉，模样就和这栋房子差不多。厨房则是洗碗槽下的住客住的地方。姆明家毛茸茸的祖先则住在起居室的炉子后面！

姆明妈妈和姆明爸爸各有各的卧室。所有的房间都装饰着鲜艳的色彩，有天蓝色的、黄色的、带斑点的，不论哪个房间都让人觉得又温馨又舒服。有些房间里的窗子上还装了绳梯，这样进出更方便。

没有比舒舒服服地待着更简单、更惬意的事了。

——《十一月的姆明山谷》

阳台是大家谈天说地的好地方，姆明一家早晨就在这儿喝咖啡。他们喜欢坐下来，和碰巧也坐在这儿的随便哪位聊聊天。这儿很安静，不仅适合聚会、沉思，还适合坐着好好地欣赏整座山谷。

那个晚上简直没法形容！从来没有哪个阳台能同时装得下那么多的问题、感叹、拥抱还有朗姆酒。

——《姆明爸爸的回忆录》

从阳台上能看到花园，那是姆明妈妈的骄傲和快乐所在。经常能看到她在那儿照料菜圃，或是重新布置花坛周围镶嵌的贝壳。花园里还有一个大池塘，姆明爸爸的树上还系着一张吊床。如果麝鼠没在洗澡，也没在吃被自己坐了一屁股的蛋糕，那他多半是躺在吊床上轻轻摇晃着，陷入沉思。

这么多年来，姆明屋曾被压在厚厚的积雪下，经历过大风暴的肆虐，甚至还被一场大洪水淹没过。但不管这栋房子经历过什么，也不管姆明们到过多少地方，姆明屋对他们来说都是意义特别的“家”。

在他脚下就是姆明谷。李子树和桦树中间矗立着姆明家的蓝房子，就和他离开时一样的蓝，一样的安详漂亮。

——《姆明山谷的彗星》

姆明一家和他们的朋友

姆明爸爸

姆明爸爸是姆明家的一家之主，也是一位性格多面、颇有深度的姆明。他爱家人，为他们的安全操心，但也喜欢保有自己的空间，享受偶尔的独处。他有点儿以自我为中心。他喜欢给别人提建议，总觉得自己是个深邃的思想者，平时想的全是关于人生的大问题。实际上，这也跟绝大多数的爸爸差不多啦。

姆明爸爸的爪子特别灵巧。姆明家的房子是他亲手建的，家里的船也归他制造和修理，不过管家这事他不太在行。错也好，对也好，反正管家的事，他统统都交给姆明妈妈做主了，在这一点上，他属于那种比较老派的爸爸。他日常戴着一顶传统的圆筒大礼帽，在他看来，这帽子给了他一种庄重的气质；要是再加上手杖，效果更是上佳。姆明爸爸有时还会抽抽烟斗。他还有个特别棒的习惯：爱把尾巴塞进衣服口袋里——虽然他很少穿衣服。

……但他信任自己的大礼帽；帽子是黑色的，非常庄重。姆明妈妈在帽子内侧写了“姆明妈妈送给姆明爸爸”几个字，好跟这世界上其他的大礼帽区分开。

——《姆明山谷的伙伴们》

接下来不可不提的是姆明爸爸早年的经历：他年轻时的冒险岁月。姆明爸爸大半的闲暇时间都用来写回忆录了（每写完一章就念给家里人听）。他确信这部作品会畅销不衰，虽然这种想法并无实据。

此刻我正放下手中写回忆录的笔，我坚信，未来还有成百上千更刺激、更惊人的新冒险在等着我。

——《姆明爸爸的回忆录》

姆明爸爸的早年岁月

我觉得有很多惊天动地的事正等着我。生命那么短，而世界那么大。

——《姆明爸爸的回忆录》

当初，姆明爸爸被发现的时候还是个小婴儿，他被裹在报纸包里，搁在了姆明孤儿院的台阶上。几年后，年轻的姆明爸爸给负责孤儿院的希米伦留下一封信，说明了原委，便溜出孤儿院，从此开始了他真正的人生之旅。他来到了外面的世界，见识了新地方，结交了新朋友（霍金斯就是他最早结识的朋友之一），喜欢上了让人心跳的各种冒险和刺激。也难怪姆明爸爸觉得自己“有点儿不寻常”。因为他的生活的确是相当不寻常了。

我找到了自己的第一个朋友，我的人生终于真正开始了。

——《姆明爸爸的回忆录》

在姆明妈妈被海浪冲到我们的岛上时，到底是什么让我偏偏在那一刻，冒着所有姆明都痛恨的严寒和黑暗恰巧来到海滩上？

——《姆明爸爸的回忆录》

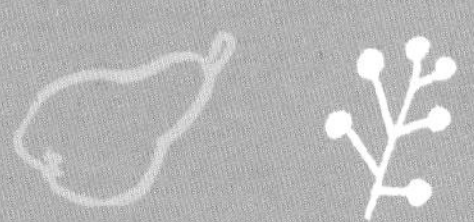

姆明爸爸这辈子最重大的事件，应该就是从波涛汹涌的大海中勇敢地救起了一位漂亮的姆明女孩。这件事完全、彻底地改变了他的人生。两位姆明一见钟情，这位姆明女孩就是姆明妈妈。姆明爸爸在自己的回忆录里以一贯的华丽辞藻记录了这一事件。

> 非凡的天分总是伴随着不甘寂寞的心。我的心永远渴望着未知的地域、全新的伙伴。
>
> ——《姆明爸爸的回忆录》

如今，姆明爸爸年纪大增，智慧稍长，但他的心仍然和年轻时一样躁动不安，动不动就突然上路去冒险，有时是去哈蒂法特纳岛，有时是去与世隔绝的灯塔（那次是带着全家）。姆明妈妈和姆明不总是很清楚他要去哪儿，大多数时候他们都不知道，就连姆明爸爸自己都不知道。但是他们知道，姆明爸爸一定会回来。

姆明爸爸很爱谈论自己，还有自己的经历。他为战胜了生活中的种种挑战而自豪，也期待着迎接更多的挑战——跟他那顶不离不弃的礼帽一起。对他来说，每一天都意味着各种可能性——那种带来振奋人心的新事物的可能性。

> 一扇新的大门，通往不可思议，通往一切可能；一个新的日子，迎接未知惊喜，只要你不抗拒。
>
> ——《姆明爸爸的回忆录》

姆明妈妈

姆明妈妈哪儿哪儿都是圆圆的，和所有的妈妈一样圆。

——《十一月的姆明山谷》

姆明妈妈照顾着所有人。她负责安排家里的一切，有她在，日子过得温暖又安心。她不仅是姆明的妈妈，还像妈妈一样爱着他所有的朋友，不论客人是老鼠，还是美宝，姆明妈妈都会热情地欢迎。她记得每一个人的生日，还会在生日那天让他们自选爱吃的布丁。

姆明妈妈总是忙忙碌碌。通常她会待在姆明屋里，腰上总系着那条标志性的红白条围裙，为大家提供食物、饮料和忠告。遇到问题她总是有办法解决。甚至当彗星朝着姆明谷直飞过来的时候，姆明也坚信：妈妈知道该怎么办。

“妈妈知道该怎么办。”

——《姆明山谷的彗星》

姆明妈妈总是创意十足。每年，她都会用树皮做一艘漂亮的玩具小船，送给姆明。姆明特别喜欢。姆明妈妈还会照料菜圃，用好看的贝壳或者纯金疙瘩给花圃砌边；她会做衣服，甚至还会画画。第一次试着在墙上画画那次，她的艺术天分把自己都惊呆了。

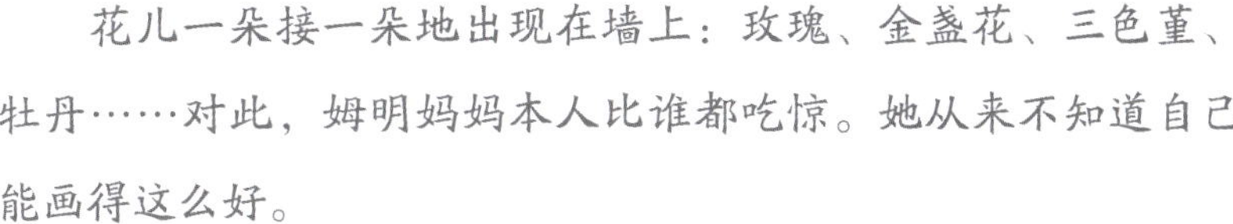

花儿一朵接一朵地出现在墙上：玫瑰、金盏花、三色堇、牡丹……对此，姆明妈妈本人比谁都吃惊。她从来不知道自己能画得这么好。

——《姆明爸爸海上探险记》

平和、快乐、充满爱心……虽然姆明妈妈一向如此，甚至堪称比较传统的“母亲”形象的典范，但这远不是姆明妈妈的全部。曾有一次，她直言不讳地对姆明爸爸说，他们太把一切——包括彼此，看得理所当然了，人有的时候是需要一些改变的。她还藏进了自己画的壁画里，那画肯定有魔法，因为谁也找不到她（大家叫她的时候，她都装作没听见）。

通常，要是姆明妈妈想要独处，她就会去捡贝壳。嫁给姆明爸爸这样的人，生活注定不会风平浪静，而儿子姆明又总是陷入危险，遇上各种各样的麻烦。但即便如此，姆明妈妈仍然坚信，通过生活抛来的难题和自己所犯的各种错误，我们每个人都在收获成长。

“有很多事都让人搞不懂。”姆明妈妈自言自语地说，“但是凭什么事事都要跟你习惯的一样呢？”

——《姆明山谷的夏天》

姆明妈妈的手提包

姆明妈妈去哪儿都带着她那个值得信赖的黑色大手提包，人和包几乎形影不离。这个包对她很重要，第一次见面的时候姆明爸爸就发现了。

"救救我的包！噢！救救我的包！"

"可你正拿着它呀。"我回答说。

"哎呀，谢天谢地！"她说。

——《姆明爸爸的回忆录》

手提包里有四个口袋，里面装满了非常非常有用的东西，包括：

- 干袜子（尽管姆明们从不穿袜子）
- 糖果和巧克力（一向大受欢迎）
- 绳子（带着准没错，总有可能用得着）
- 肚疼药粉（姆明们很容易肚子疼）
- 树皮（做树皮小船的好材料，生火时做火绒也很合适）

有一次，某甲和某乙顺手拿走了姆明妈妈的手提包，把它当床用。这二位碰到想借走的东西连个招呼都不打，他们压根儿就没有这个概念（严格讲也不能说是偷，虽然我也不确定该怎么说）。姆明妈妈找不到手提包，她难过极了，大家也都把这当作头等大事严肃对待，姆明妈妈的手提包失踪事件登上了当地报纸的头版头条。

姆明妈妈的手提包失踪

还没有任何线索，

仍在寻找中。

寻回者奖励最盛大的八月庆祝会。

某甲和某乙看到姆明妈妈丢了包那么伤心，决定必须要“把它回来弄”[1]。两人觉得挺可惜的，因为他们特别喜欢睡在包上的“袋口小”里。姆明妈妈找到包高兴极了，而某甲和某乙也得到了庆祝会！

没有它我什么也干不了。

——《魔法师的帽子》

① 某甲和某乙有他们自己独特的语言系统。第 99 页还有更多介绍。

姆明

他是世界上最好的姆明。我们都觉得他特别棒。

——《魔法师的帽子》

姆明是姆明妈妈和姆明爸爸钟爱的儿子，也是他们唯一的孩子。姆明友善、忠诚，且很勇敢。有一次，他用一条毛裤从鳄鱼嘴里救下了自己的伙伴吸吸和史力奇；还有一次，他只用一把小刀，就把歌妮从安古斯图腊属毒树丛（那种长着黄绿色花眼的树，特别吓人）里救了出来。

姆明爱冒险，而歌妮爱着姆明。不过姆明最好的朋友还是史力奇。姆明不像史力奇，姆明喜欢有家人和朋友陪伴在身边，而史力奇每年都会出门旅行。每一年，姆明都在迫不及待地等着史力奇在春天归来。时间流逝，姆明的难过也伴随着焦急与日俱增。

史力奇是他最好的朋友。当然了，他也很喜欢歌妮，但是和女孩子一起，跟和好朋友一起总是不太一样。

——《姆明山谷的夏天》

和所有的姆明一样，姆明也是个游泳和潜水高手。大概是因为姆明身上脂肪多，所以在冰凉的水里也不觉得冷。姆明曾经从冰冷的浮冰上把小美救回来，还曾潜到海底给姆明妈妈和歌妮采珍珠。还有一次，姆明家的厨房被洪水淹了，他还在自己家里潜过水，打捞做早餐要用的东西呢。

光是看到海，就足以让姆明嗷嗷地欢叫着，冲进泡沫喷涌的海浪里。

“那是另一回事。”姆明说，“现在我要去洗澡了。”然后他径直冲进浪里，都没停下来脱衣服（因为姆明矮子精压根儿不穿衣服，除了睡觉的时候偶尔穿）。

——《姆明山谷的彗星》

姆明还有很脚踏实地的一面：他擅长制订计划，就算被干扰，也会把原定的计划妥善执行下去，比如他被丝毛猴惹得心烦意乱那次。

我们要到孤山的天文台去，要用世界上最大的望远镜看星星。

——《姆明山谷的彗星》

姆明的生活充满了家人、朋友、刺激和冒险——冒险写大一些，值得被称为“大冒险”。

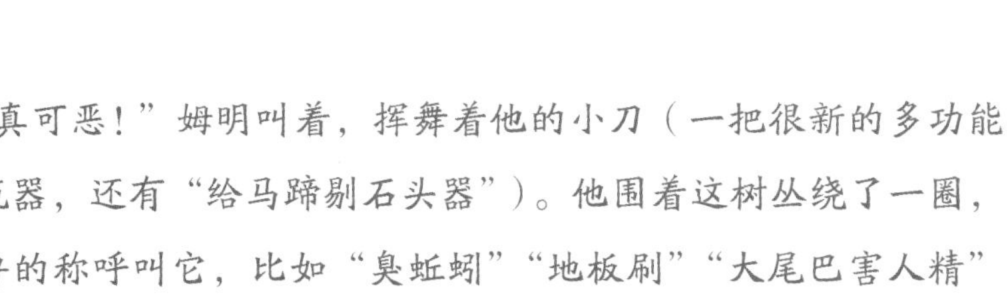

“这树真可恶！”姆明叫着，挥舞着他的小刀（一把很新的多功能刀，带开瓶器，还有“给马蹄剔石头器”）。他围着这树丛绕了一圈，并用很粗鲁的称呼叫它，比如“臭蚯蚓”“地板刷”“大尾巴害人精”什么的。

——《姆明山谷的彗星》

对姆明有特别意义的地方

对姆明来说，有些地方是很特别的，他要思考的时候就会上那儿待着，比如池塘边上，姆明爸爸系吊床的那棵树靠右一点儿的地方（他喜欢蜷起身子，躺在黄黄绿绿的苔藓上），还有茉莉花丛下面被一片树叶挡住的角落（在那儿他可以和史力奇说悄悄话），另外就是小木屋里。

史力奇

总有人待在家里，也总有人会离家，
从来如此。

——《十一月的姆明山谷》

史力奇是大快活和美宝的儿子。他总是戴着帽子，吹着口琴，无忧无虑地走在路上，不停地四处流浪。他的帽子是绿色尖顶的，身上的衣服虽然旧，但穿着很舒服。他不怎么在意物质享受，所以拥有的东西很少，全部家当一只小背包就能装下，这样他想晃去哪里都很方便。

每年十月，史力奇就会离开姆明谷，去南方过冬，到第二年春天才回来。他知道姆明会想他，所以给姆明写了不少简短却让人安心的信（不是在姆明们冬眠的时候）。能来去自由对史力奇来说至关重要。对他来说，自由高于一切。在史力奇看来，没有自由的生活是无法想象的。

我是一个流浪者，四海为家。

——《姆明山谷的彗星》

姆明竖起耳朵，久久地倾听着。然后他点亮了油灯，啪嗒啪嗒地走到五斗橱边，读史力奇留给他开春读的信。信和以往一样，压在海泡石玩具火车下面，内容也和往年那些春天的信差不多：每年十月，史力奇动身去南方时，都会给他留这样一封信。

——《姆明山谷的冬天》

史力奇留下的春天的信

你好。
睡个好觉，振作起来。
第一个温暖的春日来临
我就回来了。
我没回来的时候，先别筑堤。
史力奇

史力奇喜欢独处。他特别独立，很有思想，不管遇到任何事都能坦然接受。他最喜欢的两件事：一是钓鱼，二是在黑夜里独行。他有“夜视”眼，在黑暗里也不会迷路。他还喜欢抬头仰望繁星点点的夜空，喜欢睡在帐篷里。

凡是我发现的东西，都是我的。
整个地球都是我的。
——《姆明山谷的彗星》

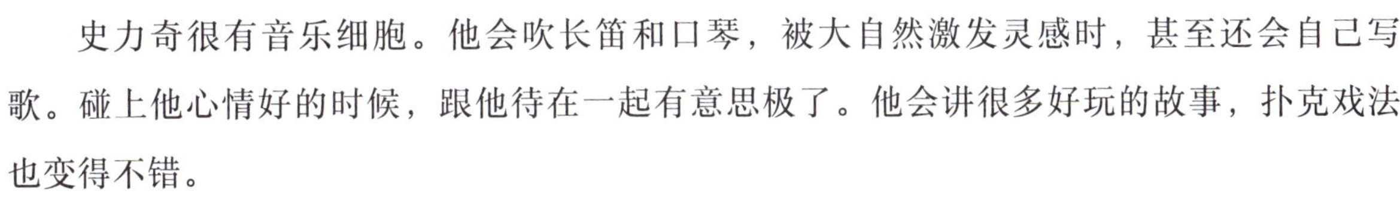

史力奇很有音乐细胞。他会吹长笛和口琴，被大自然激发灵感时，甚至还会自己写歌。碰上他心情好的时候，跟他待在一起有意思极了。他会讲很多好玩的故事，扑克戏法也变得不错。

这样的傍晚该写首曲子，史力奇想。写首新曲子，一段唱期望，两段唱春日的忧伤，余下的部分就写写独行的快乐什么的。

——《姆明山谷的伙伴们》

史力奇最讨厌的就是各种条条框框。他最受不了别人告诉他该怎么做，这也是为什么，公园管理员希米伦成了他的头号敌人。希米伦管理的公园里到处都是牌子，严禁这个严禁那个，从大声笑到吹口哨，从单腿跳、小步跑到蹦蹦跳……就连爬树也不被允许。

他想做的事这些牌子都不让他做。他这辈子都盼着能把这些牌子拔掉，那种兴奋和期待，光是想想就让人浑身颤抖。

——《姆明山谷的夏天》

虽然史力奇话很少，但他的安静中充满了自信。他懂得很多，值得信任，不管是权势还是恶劣的环境都吓不倒他，有他在让人觉得很安心。

史力奇是个冷静的人，他懂得特别多，可是如非必要，他从不开口。关于他的旅行，他只偶尔会谈起一点点，听的人会觉得很骄傲，就好像被史力奇接纳进了一个秘密圈子似的。

——《姆明山谷的夏天》

史力奇的裤子

有一次，史力奇和姆明、吸吸，还有斯诺尔克兄妹一起走进一家乡村小店。史力奇说，他想要一条新裤子（但不要太新）。店主人给他看的裤子，在史力奇看来新得可怕，干净得吓人，不过，他还是同意去屋角处试穿一下。试完回来，他建议：要是能让裤子再放旧些就更好了。看店的老婆婆转而向他推荐一顶新帽子，把史力奇给吓坏了。接下来，其他人选好了东西准备付钱，总共要一先令八又四分之三便士，可这一群人里除了史力奇，身上连个口袋都没有，更别说钱了。史力奇也没钱。好在老婆婆说，史力奇退回去的那条裤子值一先令八便士，这样两笔钱差不多正好相抵。也就是说，史力奇的朋友们可以拿走他们买的东西，一分钱也不欠她的（多好心的老婆婆啊）。至于史力奇，离开时自然还是戴着旧帽子、穿着旧裤子。

“我想要一条新裤子。”史力奇说，“可是不要太新。我喜欢那种旧到变了形，我穿正好合身的裤子。”

——《姆明山谷的夏天》

小　美

我反正不是高兴就是生气。

——《姆明山谷的冬天》

小美人如其名。她个头儿特别小，小到能藏进史力奇的口袋，或者躲进姆明妈妈的针线筐里打个盹儿。别看个子小，小美的脾气可不小。她什么都不怕，连蚂蚁都不怕。她还心直口快，想啥说啥，才不管听的人什么感想——也难怪她那些直愣愣的说法经常会惹恼别人。她还爱咬人、大笑、大叫，这些可能都不是太讨人喜欢。

小美是在某个仲夏夜出生的，她的妈妈就是美宝，她名字里的“小”，意思是“最最小的小东西”。小美和姐姐——美宝的女儿都被姆明家收养了，大部分时间她们都跟姆明一家一起在姆明屋里度过。姐妹俩爱打架，经常打个不停。

房子那边传来美宝的女儿喊妹妹的声音。“小美！小美！”她怒吼着，“可恶的小坏蛋！小——美——！你给我马上回来，我要揪你的头发！”

——《姆明山谷的夏天》

“小美会照顾自己，”美宝的女儿说，“我倒是更担心那些不巧碰上她的人。”

——《姆明山谷的夏天》

小美穿着一条火红的裙子，很配她的红头发，而这头红发又很符合她一点就着的暴脾气，她的头发总是梳成一只洋葱头形的冲天小辫。你会觉得，吵架的时候她站在你这边还好，要是她成了你的对手那就恐怖了。

因为这种特立独行的性格，再加上爱恶作剧的脾气——说得不好听点儿有时候纯粹就是顽劣，小美经常会给自己，也给其他人惹上很多麻烦。有时候她还会撒弥天大谎（有一次，她跟史力奇说自己的妈妈被吃掉了。她不知道史力奇其实是她哥哥）。

从活板门跳进深水那次，她差点儿被淹死，还有一次她被困在了浮冰上，最后是姆明救了她。她最喜欢玩的把戏之一就是藏起来让人找，尤其是让姐姐找。别看她平时挺闹腾，但是需要的时候，她完全能做到一声不吭。

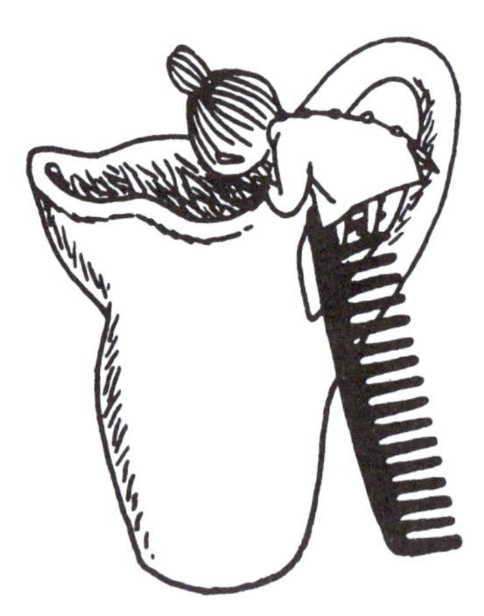

她像一个软木塞一样漂在水面上，很快就被流水冲走了。“有意思，”小美自言自语地说，“我姐姐肯定会纳闷儿的。”

——《姆明山谷的夏天》

小美一向天不怕地不怕。她高速冲向一棵松树，看似极其危险，但见她身子歪了一下，又恢复平衡，随着一声大笑，扑倒在姆明身边的雪地里。

——《姆明山谷的冬天》

一个多雪的冬天，小美用厨刀做冰鞋，拿茶碟子当雪橇，玩了个痛快。这证明——其实都不需要证明——她就是个天不怕地不怕的家伙，不计后果，什么都得试一试。

不过遇上紧急情况，小美也会忠诚又勇敢。她自己欺负姐姐可以，但要是姐姐被狮子袭击了，她会马上挺身而出，奋勇营救。无所畏惧、好奇、坚定——这些特质都集中在小美身上，你永远也不清楚在小美身上还会发现什么。有她在，生活总是充满惊喜，又吵吵嚷嚷。

小美像个哨子一样尖叫着。“快救我姐姐！”她吼道，“把狮子的脑子咬出来！”

——《姆明山谷的夏天》

吸 吸

吸吸，你总想要冒险。可真到了冒险的时候，你又吓得不知道该怎么办。

——《姆明山谷的彗星》

吸吸长得有点儿像袋鼠——大耳朵、尖尖嘴，还有一根长尾巴。因为耳朵大，他的听力特别好，要是有什么东西靠近，几乎总是他第一个听到。吸吸住在姆明家，和姆明一样会冬眠，可是他冬眠的时间要比别人长一个星期，这很吸吸——他干什么都得比别人更进一步！他的呼噜声响得吓人，这可能就是他自个儿睡一间房的原因。

姆明家最有趣的冒险，不管是海上的，还是陆上的，吸吸都参加过。不过有时候他实在太笨手笨脚了——尤其是当他想尽力帮忙的时候。有一次，他把斯诺尔克的鱼线弄得一团糟，他还经常打翻东西。

他们俩同时抢着说话，两人都想比对方声音更大，结果吸吸不小心打翻了杯子，咖啡洒了一桌布。

——《姆明山谷的彗星》

“但……但是他能变成任何东西！”吸吸尖叫着，“说不定他会变成比蚁狮更厉害的东西，一眨眼就把我们全吞掉。”

——《魔法师的帽子》

在很多方面，吸吸就像一个小孩子。他做事毛手毛脚，动不动就会受惊，爱吹牛、爱争强好胜，还贪心地想把好多好多东西都揽在自己手里，另外，他还喜欢推卸责任，喜欢听好话。说实在的，他就像姆明的小弟弟，两个人很亲近，姆明妈妈总是由着吸吸把鼻子藏进自己的围裙里，或者从平底锅里舔果酱。不过彗星袭来的时候，姆明们藏身的山洞是吸吸发现的，魔法师的帽子也是他在山顶找到的。吸吸或许的确像小孩子一样，怕这怕那，尤其怕海，但是一旦真遇到事情，他总是以实际行动站在姆明这边。不过话说回来，他尖叫和哭鼻子的时候也不少——尤其是碰上哈蒂法特纳人或者打雷的时候！

对吸吸来说，“去冒险”还有“成为故事里的英雄”这种念头，要比真的去冒险更加迷人。晕船啦，脚上起水泡啦，丝毛猴太缠人啦……简直没有他不抱怨的事情！很多时候，他显然很有自怜自艾的潜质。

“出海探险这种事，我已经受够了。”吸吸沮丧地说。

——《姆明山谷的彗星》

吸吸躲在毯子底下尖叫起来。

——《魔法师的帽子》

“天哪！”吸吸说。他心里激烈地斗争着，因为他什么也舍不得放手，哪怕是跟人换也舍不得。

——《魔法师的帽子》

吸吸就喜欢手里的东西多多的，尤其是珠宝。一看见值钱的物件他就兴奋到发抖！光是珠宝还不够，他时刻留心着一切能搞到手的东西，从水晶雪花球到旧的救生筏。他还有一只玩具狗叫西德里克，从前他喜欢西德里克，多半是因为西德里克的眼睛是宝石的，项圈上也有宝石，现在那些宝石早没了。不过现在吸吸仍然喜欢西德里克，只因为它是西德里克。这才是最纯粹的爱。

吸吸的爸爸是老糊涂，也是姆明爸爸的老朋友。吸吸的妈妈是个绒绒，吸吸长得特别像她（他对自己的妈妈一点儿印象也没有了，还是姆明妈妈先提起，他才想起来的）。吸吸和妈妈一样，脾气温和，总是与人为善。不管他有什么缺点，大家都很喜欢吸吸，他是姆明大家庭很重要的一分子。

“我们之前听过很多很多有关爸爸的故事，然后有一天突然发现原来还有个妈妈！”

——《姆明爸爸的回忆录》

Tove

歌妮

情人眼里出西施。在姆明眼里，歌妮特别美，不仅如此，我怀疑歌妮也是这么看姆明的。歌妮长着一身软软的绒毛（通常是淡绿色），水汪汪的眼睛，长睫毛，两耳之间还有一蓬漂亮的刘海儿：那可是她的荣耀之冠！可想而知，那次刘海儿不小心被一些游荡的哈蒂法特纳人烧没了，她被吓成了什么样。幸好刘海儿很快又长回来了。

虽然歌妮非常看重外貌，但值得一提的是，跟安古斯图腊属毒树丛战斗的那一回，她可没有光站在那儿尖叫，而是朝张牙舞爪、超级吓人的树丛扔了一块大石头。好吧，她只扔了这么一次，当时姆明正跟那棵树搏斗，结果石头没打中那棵怒气冲冲的树，倒是打中了姆明。但至少她试过做点儿什么。接下来，我们还会看到，她不是个只关心自己容貌的人，不过……嗯……她爱穿漂亮衣服也是真的。

“裙子，”她不由轻声叫道，“连衣裙！”她转动门把手，走了进去。“天呀！太美了！”她都喘不过气来了。“天呀！太漂亮了！”

——《姆明山谷的夏天》

"保护我，"她小声说，"保护我，亲爱的！"

——《魔法师的帽子》

歌妮有时候特别多愁善感，这种时候她一般会去找亲爱的姆明，从他那里寻求安慰和信心。她喜欢坐在他身边，把带着卷刘海儿的脑袋枕在他腿上。姆明是这个世界上她最最仰慕的姆明。反过来，在姆明眼里，歌妮是这个世界上最最漂亮的斯诺尔克女孩。两个人甜得吸吸都有点儿看不下去了。

他们俩经常一起去冒险，一起玩游戏。歌妮很会编游戏，她编的游戏一般都会围绕着一个美丽的女孩，还有一个强壮的、作为首领的男孩（当然得是个姆明）。

"咱们玩游戏吧，"歌妮说，"假装我是个大美人，被你绑架了。"

——《姆明山谷的夏天》

“我想凭自个儿的本事干成一件大事，让姆明大吃一惊。”

——《魔法师的帽子》

除此之外，歌妮也有另一面。遇到问题时她脑子转得很快，总能急中生智。有一次，姆明差点儿被大章鱼抓住，还是歌妮用自己的小镜子晃花了章鱼的眼睛，才把姆明救出来！还有钓超级大鱼马梅卢克鱼那次，也是她想出来的好点子，用缆索（小艇船头系船或者拖船用的绳子）当大鱼线，用哥哥的小刀当大鱼钩，用煎饼当鱼饵。

“能帮上忙我很高兴，”她小声说，“如果有机会，我愿意一天救你八次。”

——《姆明山谷的彗星》

歌妮哥哥

“我有主意了。大家跟我走。”

——《姆明山谷的彗星》

歌妮哥哥是只斯诺尔克，他是歌妮的哥哥。正常情况下，他的毛发是紫色。歌妮哥哥头脑冷静，做事有条理，喜欢用格子间距2.54厘米的横格本记笔记（彗星一点点接近时，他就是用这种本子来做记录的）。他也很机灵，是化解难题的能手，就是他想到让希米伦脱掉长裙，用裙子做成气球，才让大家（很高兴地说，这个“大家”也包括希米伦）逃脱了袭来的龙卷风。

歌妮哥哥对待生活一板一眼，还有点儿自负，所以他妹妹时不时拆拆他的台也算是一件好事。他最喜欢的娱乐活动就是钓鱼，不用说，他钓鱼也是一板一眼的。他钓鱼的乐趣部分来自这让他有机会对船上的其他人发号施令，歌妮哥哥最喜欢发号施令——可能会有人觉得他都有点儿专横跋扈了。

“不要慌！”歌妮哥哥大声叫道，“在船上的都镇定！大家各就各位！”

——《魔法师的帽子》

歌妮哥哥喜欢万事都按部就班。不管事情多么微不足道，他都主张正式开会解决，特别是由他来主持的会。因为歌妮哥哥和歌妮兄妹俩性格差异太大，两个人经常吵得不可开交，但是，兄妹俩绝不会背叛彼此，也不会背叛他们在姆明谷的朋友。

“没有我的允许你不能说话，”歌妮哥哥说，“只许回答是或不是，不许说别的。这只手提箱是你们的，还是哥谷的？”

——《魔法师的帽子》

“他总是这么怪怪的吗？”歌妮哥哥问。“他天生就这样。”歌妮答道。

——《姆明山谷的彗星》

歌妮哥哥会竭尽全力去解决他遇到的任何难题。他做事又快又好，这点很令人放心，但是你得接受他的这一点，那就是——歌妮哥哥喜欢我行我素。

“妹妹，”歌妮哥哥说，“你脑瓜里就没有一点儿正经念头。你能不能严肃点儿？”

——《姆明山谷的彗星》

如何区分斯诺尔克和姆明

斯诺尔克乍看上去和姆明几乎一模一样，史力奇甚至怀疑这两个物种是近亲。他们的确很像——除了一点关键特征：斯诺尔克的颜色会随着情绪变来变去。要是把斯诺尔克的黑白照和姆明的黑白照放在一起，除非亲密朋友或者专业人士，一般人绝对区分不开。斯诺尔克会变色，而且经常变；姆明却始终是白色的，至少姆明谷里的姆明一家是这样。

歌妮哥哥正常情况下的毛色是紫色，但是，在歌妮遭到安古斯图腊属毒树丛的攻击，姆明挥刀大战树丛那会儿，歌妮哥哥就被吓得变成了“惊恐的绿色”——之前遇到史力奇的时候他还是紫色的。歌妮平常的颜色——也就是本色，是淡绿色。后来姆明把歌妮丢了的金脚镯还给了她，她变成了“开心的粉色”，但是在为越来越近的彗星忧心时，她又变成了“忧心忡忡的紫色”。反正斯诺尔克一会儿变绿，一会儿变紫，颜色换来换去的，让人一头雾水！

他们可以变成世界上任何一种颜色（就像感恩节彩蛋一样），难过的时候也会变色。

——《姆明山谷的彗星》

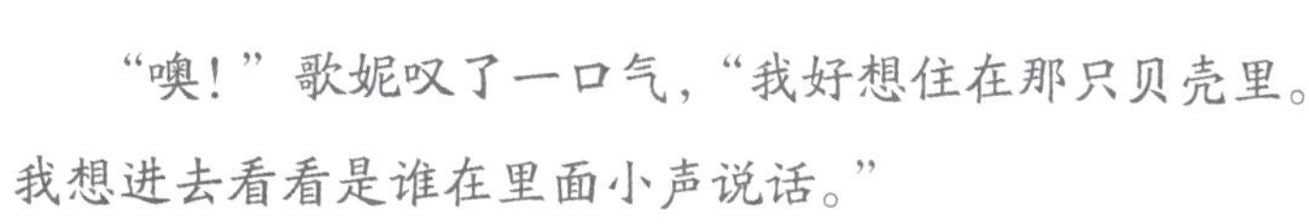

“噢！”歌妮叹了一口气，“我好想住在那只贝壳里。我想进去看看是谁在里面小声说话。”

——《姆明山谷的彗星》

希米伦

希米伦总是穿着一身从他姑姑那儿继承来的长裙。我敢说所有的希米伦都穿着长裙。听起来有点儿怪，可这就是事实。

——《魔法师的帽子》

姆明谷里和周围住着不少希米伦，每一只的名字都叫希米伦，想分清哪个是哪个可不容易，不过，他们都属于同一物种，这一点倒是一眼就能看出来。希米伦也长着大鼻子，但他们比姆明高，也比姆明瘦。跟姆明不同，希米伦的眼睛是粉红色的；他们没长耳朵，但两鬓和脑后长了一圈头发，还长着两只扁平的大脚板。所有希米伦都穿衣服，而且似乎99.9%的希米伦穿的都是长袍。据说希米伦从来没想过要穿长裤。

大多数希米伦都喜爱秩序，很有组织纪律性。对他们来说，条条框框重要透顶，他们会尽全力去遵循和执行。他们不是姆明谷里脑子最灵光的居民，什么事都要想好半天才能转过弯来，不过在他们的专业领域——希米伦都喜欢给东西分类，他们的知识相当渊博。

即使这样，他还是花了一整天整理、安排、组织，从早上一直忙到半夜！

——《十一月的姆明山谷》

这个希米伦的工作就是在票上打孔，这样来的人就只能玩一次，别想逃票多玩……

——《姆明山谷的伙伴们》

希米伦都是收藏家。他们爱收集东西，比如邮票、植物或者昆虫，多多益善。他们还会花大量的时间丰富自己的收藏，越多越好。有时候因为太过专注，他们根本注意不到身边发生的变化，结果就是一条道走到黑，还特别固执。

作为规则的遵守者和执行人，希米伦的死心眼儿是出了名的，可以这么说，他们没有一点儿幽默感，跟他们讲笑话简直毫无意义（不过总可以试试）。话说回来，希米伦还是值得交的朋友。绝大多数希米伦都非常友善，也很温和。

希米伦往往要比别人慢半拍才明白你在说啥，不过只要不惹他们生气，他们还是很好相处的。

——《姆明山谷的彗星》

Tove

几位有名的希米伦

希米伦既认死理又认规矩，这也就难怪他们会从事那些责任重大又讲求权威的工作。对希米伦来说，最理想的职业是警察或者公园管理员，另外，他们做看护也挺适合——虽然严厉，但对所有人都一视同仁（可这种方式并不适合受他们照顾的每个人）。希米伦有点儿像姆明世界里的成年人，个子高高的，总是板着脸要大家守规矩！姆明爸爸小时候，照顾他的就是一个希米伦，而且她的名字真的就叫希米伦，姆明孤儿院就是由她负责的。为了清楚起见，我们在这里提到希米伦的时候，会在每个人的名字前面加上他们的职业或者主要兴趣，不过要是真碰上他们，你喜欢也好，不喜欢也罢，他们只会告诉你："我叫希米伦。"

公园管理员和公园巡查员

草坪周围四面都围着篱笆，篱笆上挂着各种牌子，用大大的黑体字写着不准这个，不准那个。

——《姆明山谷的夏天》

公园管理员和公园巡查员穿着一身笔挺的制服，在公园里来回巡视，盯着那些违法乱纪分子。他们把"不准"的牌子挂得到处都是：不准大笑、不准跑动、不准撒欢儿……公园里的东西，从篱笆到一片草叶，一个个都是笔挺规整、无可挑剔。

公园里无聊得要命，绝对不是平时人们爱去的那种公园，公园管理员和公园巡查员想不明白：怎么会有人居然需要玩，尤其是那帮小林娃娃。就算这帮小家伙非玩不可，他们也百分之百不乐意让这些娃娃来自己心爱的公园玩。也难怪公园管理员是史力奇的死对头。有一次史力奇把公园里所有的警示牌全拔了，他还在公园里到处撒种子，种子长大就成了哈蒂法特纳人，把公园管理员好一通电。

警察希米伦和希米伦小姐

警察希米伦又高又壮，穿着警服，戴着警帽，以自己的职业为荣。他有看守学位，专业就是把犯事者关起来。因为姆明、歌妮和费尼钟把公园的警示牌扔进篝火里烧掉了，他就把他们全抓了起来，亲自看管。他抓费尼钟的时候是揪着她的头发拖走的。这个希米伦脾气特别暴躁。人们最后一次见到他是好久以前了，当时他正划着小船追史力奇！

希米伦小姐个子小小的，人总是怯怯的，以希米伦的眼光看，“明摆着是个没出息的”。她穿得像个女仆，喜欢乱织毛线，警察希米伦是她表哥，她好像是在给他帮工。但，看管犯人她可不擅长。

“抓住那帮捣蛋鬼！”大个头儿希米伦喊道，“他们烧了公园里所有的警示牌，管理员气坏了！”

——《姆明山谷的夏天》

“全世界我顶顶讨厌的只有一个人，那就是公园管理员。我要把他那些‘不准这、不准那’的牌子全拔掉。”

——《姆明山谷的夏天》

集邮家和植物学家

“所有邮票，包括错版，我全都集齐了。一张也没有漏掉！接下来我该干点儿什么呢？”

——《魔法师的帽子》

有个集邮家希米伦，他喜欢收集邮票。一天，他发现自己已经把世界上所有的邮票都集全了——现在他不能再叫“收集者”，而只能叫“拥有者”了。于是他决定开始收集别的东西，他选择了植物学，也就是研究植物的科学。所以，从前那个集邮家希米伦，和现在这个植物学家希米伦是同一个人。

他带着取样的铲子、绿色的采集罐和放大镜，到处搜索、采集、标记、分类、录入他能找到的每一种植物。

“这是我收集的第229号标本！”

——《魔法师的帽子》

Tove

姆明孤儿院院长和（或）希米伦姑妈

姆明孤儿院在一排偏僻的方块房子里，里面住的小姆明不是孤儿就是弃儿（比如姆明爸爸）。孤儿院的创建人是一个希米伦，她把这所孤儿院管理得高效有序，但却谈不上倾注了多少感情。比如，她给每个小姆明的尾巴上都夹了一个带数字的夹子（每条小尾巴都必须翘成与身体呈45°角）；她经常给小姆明们洗澡，却吝啬于给他们一个吻。

后来姆明爸爸在海上救起一个希米伦。他觉得这个希米伦就是当初孤儿院的那个，可这个希米伦本人坚决否认，她说自己是希米伦姑妈。不用说，两个希米伦看起来特别像，就连眼镜和裙子的款式都一模一样！这个希米伦姑妈也特别严格，她逼着船屋上的每个人必须早起，必须吃健康食品，结果就是，当她被一群小咬咬出其不意地掠走时，都没有人肯全力营救她！

姆明爸爸后来为此很自责，但其实这是不必要的，实际上，希米伦姑妈和小咬咬们相处得很愉快。她组织了乘法大赛，还鼓励小咬咬们多做户外锻炼，最后，小咬咬们喜欢她喜欢得不得了，干脆推举她做了咬咬女王，直到今天她还统治着那里呢。

那么，这两个希米伦到底是不是同一个人呢？我们可能永远也不会知道了。

> “你们要喝牛奶，这样才健康。喝了奶，你的爪子就不会抖，鼻子不会变黄，尾巴也不会秃掉——抽烟就是这种下场！有我在，算你们走运。从现在起，一切都要照规矩来！”
>
> ——《姆明爸爸的回忆录》

爱滑雪的希米伦

> 希米伦从山上滑下来了。看着真吓人。滑到半山腰，他突然扭身变向，扬起一大蓬闪烁的雪粉，接着他又一声大喝，转向滑了回去。
>
> ——《姆明山谷的冬天》

隆冬时节，一个希米伦来到了积雪覆盖的姆明谷。这个希米伦和别的希米伦完全不同，他属于希米伦中罕有的异类，不穿长裙子、不整天板着脸、不死守规矩，也不收集东西。他甚至吹响了喇叭宣告自己的到来。这个希米伦身材高大，一天到晚高高兴兴，来时穿着一身适合滑雪的打扮：身穿一件黄黑相间的带锯齿花纹的毛衣，背着双肩包，还带着滑雪杖。

爱滑雪的希米伦马上开始用各种方式找乐子。他跳进冰凉的水里洗冷水澡，在雪地里做体操，还踩着滑雪板，嗖的一下从积满雪的山坡上冲下来，速度快得把小美都镇住了。事实上，小美对希米伦佩服得要命，都开始拜托他教自己滑雪了。

虽然希米伦人很不错，可他总是打扰大家午睡，催大家到外面去呼吸新鲜空气，搞得（基本上）人人都不喜欢他。希米伦个头儿太大、声音太吵、精力太旺盛了，所以，当他准备动身去孤山寻找更好的滑雪场时，几乎所有人都松了一口气。

“相信我，生活中没有比天天坐在屋里不动更危险的了。”

——《姆明山谷的冬天》

姆明祖先

那是矮子精。你变成姆明以前，就是那种矮子精，一千年前，你就长那个样子。

——《姆明山谷的冬天》

姆明家的壁炉后面，住着一位神秘来客。可别把他和洗碗槽下的大眼睛住客弄混了：壁炉后面的这位住户个子小小的，身上长满灰色长毛，鼻子很大，和姆明的鼻子特别像，还长着一条长长的黑尾巴，尾巴尖上有一大簇毛。壁炉的这位住户和姆明家沾亲。事实上，他们有同一个祖先，但是中间应该隔了几百年。这是个矮子精，是姆明家的祖先，模样跟姆明——所有姆明——一千年前一个样，至于他是怎么一直活到现在的，这至今还是姆明谷众多的未解之谜之一。

很久以前，姆明本来是住在别人家房子的壁炉后面的。这也是为什么厨房里的壁炉是这位祖先最喜欢待的地方。

只有鼻子看起来和姆明挺像。不过，也许一千年前长得一样……

——《姆明山谷的冬天》

那天晚上，姆明的祖先把整个房子重新布置了一遍。别看他不声不响，精力却过人。

——《姆明山谷的冬天》

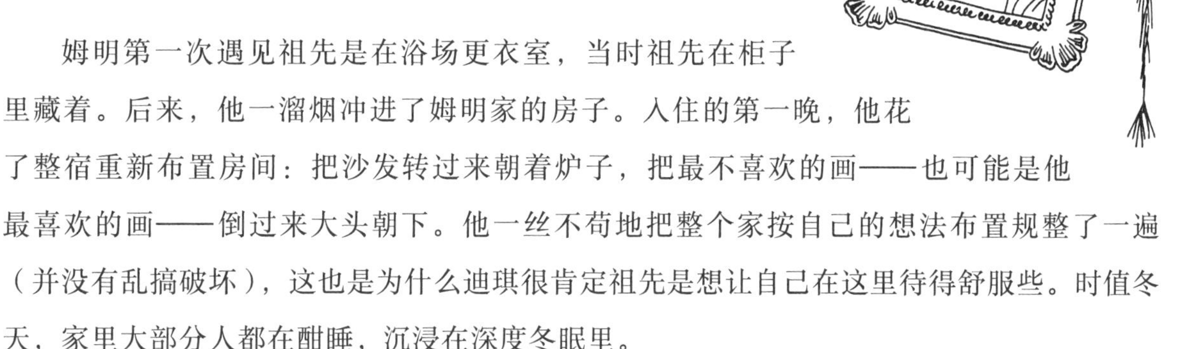

姆明第一次遇见祖先是在浴场更衣室，当时祖先在柜子里藏着。后来，他一溜烟冲进了姆明家的房子。入住的第一晚，他花了整宿重新布置房间：把沙发转过来朝着炉子，把最不喜欢的画——也可能是他最喜欢的画——倒过来大头朝下。他一丝不苟地把整个家按自己的想法布置规整了一遍（并没有乱搞破坏），这也是为什么迪琪很肯定祖先是想让自己在这里待得舒服些。时值冬天，家里大部分人都在酣睡，沉浸在深度冬眠里。

姆明祖先爬高的技术比今天的姆明强多了。他个头儿小，也没有圆滚滚的胖肚子，还有一条利于保持平衡的大尾巴，所以他动作快，爬起高来也轻松。和姆明比起来，他就像个猴子，随手一荡就逃掉了，身手敏捷得很，不过大多数时候，他更愿意躲在壁炉后黑暗又舒服的窝里。他不说话，只会摇摇耳朵，时不时在家里能听见他把东西弄得叮当作响。他个性独立、让人捉摸不定又充满好奇心，和姆明谷许许多多的居民一样，有自己的一套做事方式。

他突然动了起来，像一阵风似的呼啸而过，消失无踪。

——《姆明山谷的冬天》

Tove

姆明一家对这位身上乱蓬蓬的亲戚很照顾。姆明妈妈特意给可能在他们冬眠期间来访的客人留了字条。

请不要在炉子里点火，因为祖先住在炉子里。

嘟囔爷爷知道了姆明祖先的事，发现居然还有比他更老的人活着，心里很激动。他想尽办法试着和祖先交流，完全没意识到其实大多数时间他是在跟自己的影子说话（嘟囔爷爷有点儿近视）。

“我得去跟我那位朋友——姆明祖先聊聊。他见多识广，我们吃过的盐比你们吃过的米还多。”

——《十一月的姆明山谷》

姆明一家（和他们的密友）

虽然姆明谷的居民大多都沾亲带故，但不是人人都清楚——或者直到现在还是不清楚——事实上谁跟自己是一家人。就拿吸吸来说吧（他爸爸是老糊涂），直到听姆明爸爸读了回忆录，他才头一次知道自己的妈妈是个绒绒。按说吸吸长得像极了妈妈，一看就是个绒绒，可他还是大吃了一惊。

然后是史力奇，他发现自己和小美原来是兄妹。这是大家万万没有想到的，这么一来，他也成了美宝的女儿的兄弟。

尽管姆明谷里这些家庭关系错综复杂，但姆明一家人尽力让每个人都觉得自己属于一个快乐的大家庭。

接下来跨页的这张图，给出的就是姆明家重要的家族成员及密友关系。与其说它是家谱树，不如说是家谱花园，里面有灌木，有杂草，还有其他杂七杂八的东西。要是你喜欢的某个人物被漏掉了，你也可以随时开辟一个属于自己的家谱花园。

姆明家谱树（扩展版）

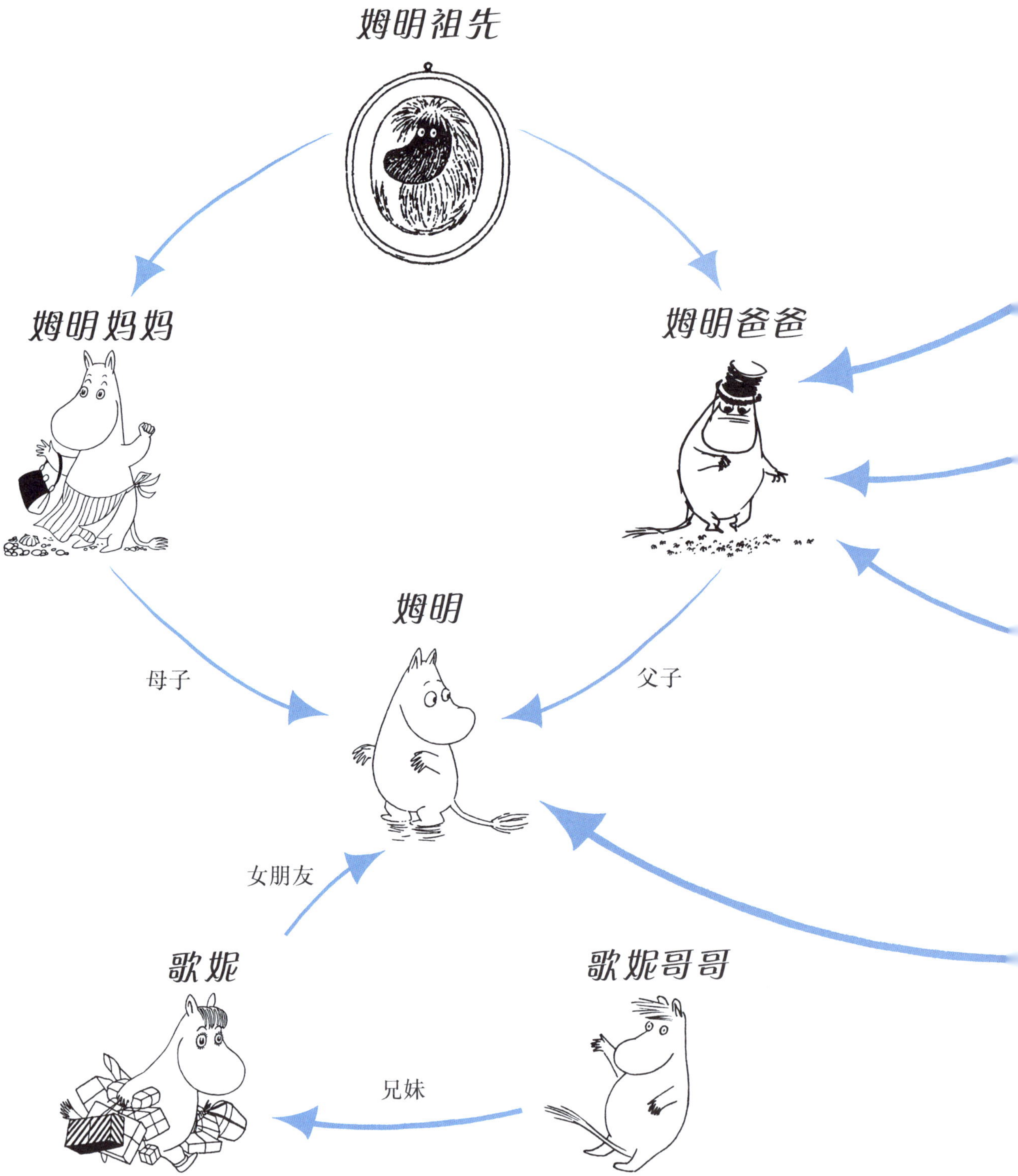

姆明祖先

姆明妈妈

姆明爸爸

姆明

母子

父子

女朋友

歌妮

歌妮哥哥

兄妹

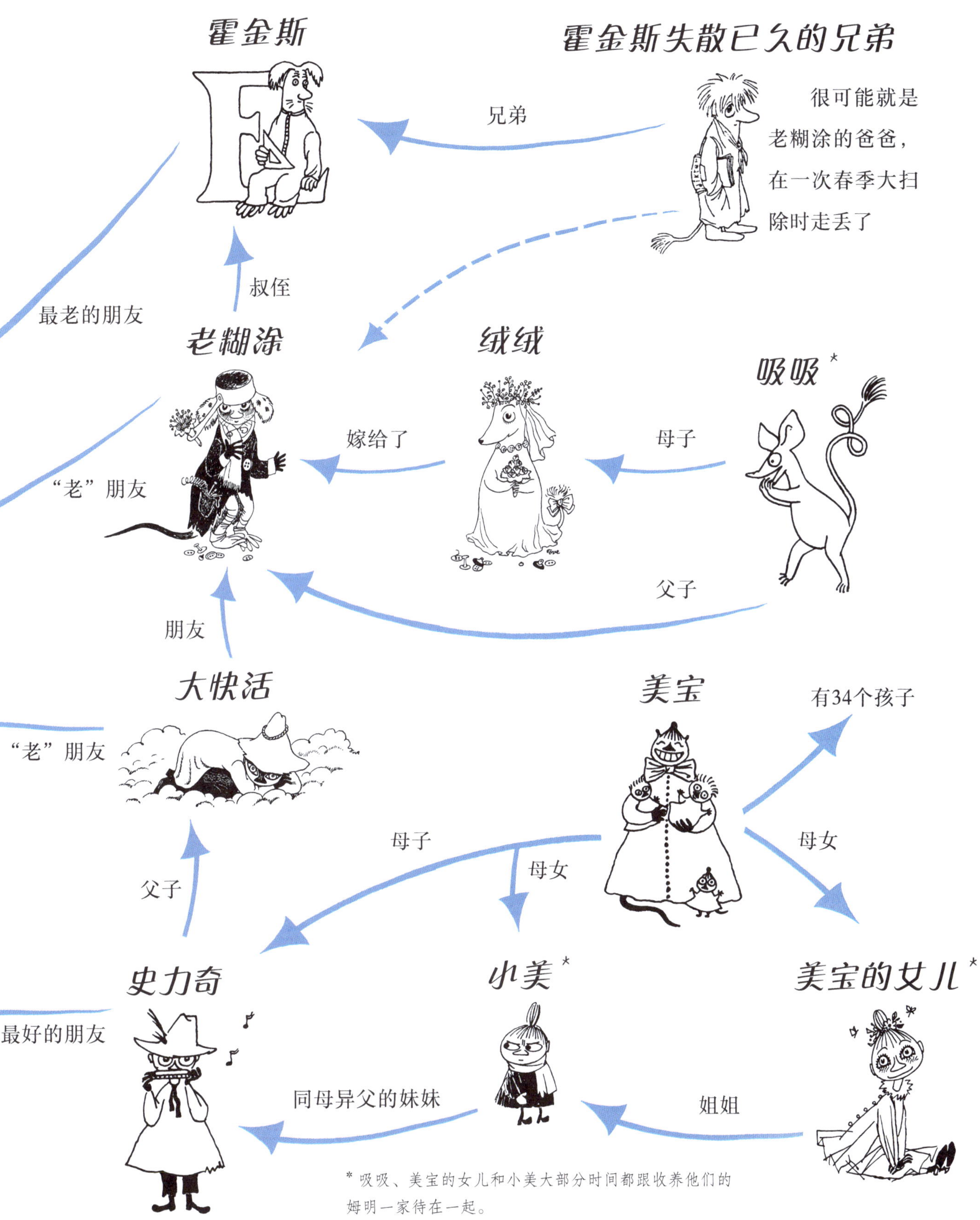

* 吸吸、美宝的女儿和小美大部分时间都跟收养他们的姆明一家待在一起。

姆明的家族史

Helsingfors 1878 3.10.

一千多年以来，矮子精一直是北欧民间传说中的重要一员。就像姆明妈妈在给英国孩子们的信里所描述的那样，矮子精大多个子矮小，性情羞涩，披着一身长毛。北欧的森林中生活着很多这样的矮子精，但想看到他们往往很难。

The greatest difference between them and us is that a moomintroll is smoooth and likes sunshine. The ~~usual~~ common trolls popp up only when it's dark.

姆明和传统矮子精的不同之处在于，姆明们表面滑溜溜的，而且非常喜欢阳光。普通的矮子精只有在天黑以后才会出来活动。

姆明妈妈给英国孩子们的信（手稿节选）及中文翻译

姆明就是这种一身长毛的小个矮子精的后代。随着时间的推移，矮子精慢慢演变成了今天姆明谷里的姆明：他们的个子稍稍变大了一些，身体变得胖乎乎的，长毛也变成了柔顺的短毛。但是，一身长毛的祖先让我们得以一窥很久以前矮子精的模样。

> 托夫特只坐了个椅子边，眼睛盯着书桌上方挂着的一张照片。照片上的那位一身乱糟糟的灰毛，两只眼睛挤在一块儿，还长了一条长尾巴。
>
> ——《十一月的姆明山谷》

姆明对自己长毛祖先的传承骄傲得不得了。毕竟，姆明后来意识到，不是每个人都有能追溯到那么久的家族史。姆明家起居室的墙上，在醒目的位置挂着姆明祖先的大照片。阁楼里还有一本相册，里边装着姆明一家的全家福，全都是姆明们看起来体体面面的照片。其中有一张照片是1878年拍的，照片上有三个成年姆明和两个幼年姆明，这五个姆明全都拧着眉头，表情严肃得要命。姆明爸爸是捡来的，当年他是被报纸包着丢在姆明孤儿院的台阶上的，根本不知道自己的家人是谁，因此我们只能推测这照片里的姆明应该是姆明妈妈的祖辈。

某甲和某乙

某甲戴着顶红帽子，某乙拎着一只很大的手提箱。

——《魔法师的帽子》

一天，两个怯生生的小东西来到了姆明谷。他们手拉着手，还带着一只大手提箱，这就是某甲和某乙。外人一眼看去会觉得两人长得一模一样，不过某甲总戴着一顶小小的红帽子，这是最容易区分他俩的办法。没人知道他们从哪儿来，只知道他们走了很远的路才到达这里。刚开始姆明妈妈误以为他们是从放土豆的地窖里跑出来的老鼠，后来还是被吸吸给遇上了，两个人才搬进了姆明家。不过，他们不喜欢睡床，倒是更喜欢睡在舒舒服服的抽屉里。

某甲和某乙说起话来很奇怪。他们俩互相一听就懂，可别人总是听得一头雾水。不过，集邮家兼植物学家希米伦很快就掌握了他们的语言，只用了几分钟就会说他们的话了（某甲和某乙总是把词序搞得颠三倒四）。

于是他们动身向下面的山谷走去，一路说着古古怪怪的话。某甲和某乙平时讲话就这么古怪（别人可能听不懂，重点是他们自己懂）。

——《魔法师的帽子》

处事必须公正，尤其是在某甲和某乙根本分不清对错的前提下。这是天生的，他们也没办法。

——《魔法师的帽子》

某甲和某乙有一个习惯，只要碰上喜欢的东西就径直据为己有，可被他们这样据为己有的东西往往是属于别人的。他们刚来姆明谷时，手提箱里就藏着一颗无价之宝——红宝石之王！哥谷和魔法师也想要这颗宝石，但某甲和某乙坚决要将其据为己有，结果还真给他们弄到手了！

姆明妈妈的手提包失踪那次，是这两个捣蛋的小家伙从玫瑰花丛里把包找出来，还给了姆明妈妈。姆明妈妈很感激，根本没有意识到当初拿走包的正是某甲和某乙——他俩拿走包的原因只是在包里睡着很舒服。

“我觉得咱们必须把包去回还，”某乙叹了口气，“真惜可！睡在那些袋口小里那么服舒。”

——《魔法师的帽子》

“又大又酷冷又人吓！”某乙说，“关上门别放她来进。”

——《魔法师的帽子》

因为个头儿小、胆子也小，某甲和某乙动不动就一惊一乍的。第一次遇见姆明妈妈时，姆明妈妈只不过喊了一声“咖啡好了！”，就把这两人惊得跳进了装土豆的地窖（这才有了被误认作老鼠的事）。两个人怕极了哥谷——哥谷一直在追踪那块红宝石之王。话说回来，姆明谷里的大部分居民也都怕哥谷。某甲和某乙总是有很多悄悄话要说，八成是因为两个人总是谋划着捣乱，所以才总是窃窃私语，这是为了保密。有一点可以肯定：永远也不可能只见某甲不见某乙，或者只见某乙不见某甲，这两个人简直是焦不离孟，孟不离焦。

怎样弄明白某甲和某乙的语言

直接把一句话里最重要的几个字词的顺序颠倒一下就行。比如：

- 蠢愚的老子耗 = 愚蠢的老耗子
- 我闻到味饭了= 我闻到饭味了
- 你也样一 =你也一样
- 各位各就！预跑！备！= 各就各位！预备！跑！
- 总算掉甩了！= 总算甩掉了！

看？简单吧。知道这些就够用了。祝你走运！

美宝的女儿

是这样的，“美宝的女儿”就是美宝的女儿，她的名字就是这么来的。很合理，对吧？但是有一点比较绕，那就是有时候人们也叫她美宝，和她妈妈的名字完全一样。之所以这样，是因为姆明谷的居民是按照物种命名的，所以美宝（妈妈）和美宝的女儿（有时候就干脆叫美宝），还有小美全都是美宝，就像姆明爸爸、姆明妈妈和姆明都是姆明一样，有时候也可以管他们叫姆明矮子精（虽然他们可能跟你预期的矮子精不太像）。所以，最简单的办法，就是把美宝的女儿当成小美宝，把她妈妈当成老美宝。这样清楚了吗？希望清楚了。咱们接着讲。

“……做美宝真好。我感觉从头到脚都好得不得了。”

——《十一月的姆明山谷》

美宝的女儿是一大帮小美宝中的长姐，不过搬到姆明谷后身边就只剩小美一个妹妹，所以她对小美格外上心。她竭尽全力照顾着调皮捣蛋的小美，也不出所料地被弄得焦头烂额。过去，她帮着妈妈照看所有的弟弟妹妹（三十多个），给他们洗澡，哄他们睡觉，但是她心底始终埋藏着一种渴望——对新生活的渴望。遇到姆明爸爸时，她看到了梦想成真的可能——跟着他一起离开，去看看外面的世界！就这样，她和小美最后跟姆明一家生活在了一起。

“妈妈离开时跟我说：‘我现在就把妹妹托付给你了，如果连你都照顾不了她，那就没人能行了，因为我从一开始就没管过她。’”

——《姆明山谷的夏天》

美宝的女儿有一头柔顺的长发，她很为之骄傲。她喜欢先把头发梳顺，再扎成一个髻——美宝式的发型。她总是穿着一双红靴子，遇上特殊场合，还会围上一条羽毛围巾。她最喜欢的颜色是粉色。

她喜欢自己的一双长腿，还有那双红靴子。高傲的美宝小发髻紧紧盘在头顶，顺滑光亮、色泽柔和，黄中带红，像只小洋葱。

——《十一月的姆明山谷》

美宝的女儿总是迫不及待地想快点儿长大，这样就能去看看外面的世界，还能有机会尝试那些激动人心的事。当年她还在家，跟妈妈美宝和大快活一起生活时，总觉得日子很无聊，总想往外跑。她喜欢派对，舞跳得特别好。

“但我要留下来，”美宝的女儿说，“一直到我长大。霍金斯，你就不能发明点儿什么东西，让美宝都能长成大高个儿吗？”

——《姆明爸爸的回忆录》

“你知道吗？我是在蛤蜊壳里出生的。我妈妈在她的水族箱里找到我时，我还没有水虱子大！”

——《姆明爸爸的回忆录》

美宝的女儿还很有幽默感。她喜欢讲笑话、搞恶作剧、捉弄别人；她讲的那些关于自己的离奇故事明明不可思议，又偏偏出奇地可信：难道她真有一个叔叔，胡子里住着两只白鼠（光是想想，我自己的胡子都开始发痒了。我也有一把大胡子，至少能住下八只老鼠，至少！）？论信口胡诌，她恐怕要比妹妹小美都厉害！

不管发生了什么事，美宝的女儿总是全心地去感受。她对生活充满了热爱，感恩生活中一切简单的事。说到底，她真的很享受做一个美宝。

你可以躺在桥上，看着水流过。可以穿着红靴子到处跑，涉水蹚过湿地。还可以蜷成一团，听雨落在屋顶的声音。想让自己快乐是很容易的。

——《十一月的姆明山谷》

美宝

你能找到美宝吗？她就藏在这幅图中的某个地方！一起的还有年轻的姆明爸爸、霍金斯、小岛幽灵、大快活、美宝的女儿，可能还有海狗（要透过舷窗看），还有一些小娃娃！我敢肯定你能找出她来。

人们基本见不到老美宝。之所以这么称呼她，是为了避免把她跟美宝的女儿搞混，因为有时候美宝的女儿也叫美宝——这事儿实在是有点儿绕，假装不绕都不行。老美宝难得一见，不是因为她喜欢独处（她才不是这种人），而是因为她总是被孩子们围着。她被孩子们缠得出不了门，手、腿、胳膊都被占得满满当当。照看这么多孩子是个辛苦活儿，事实上，老美宝都快搞不清楚自己到底有多少个孩子了。我们知道她是美宝的女儿的妈妈（这点毫无疑问），是小美的妈妈，甚至还是史力奇（姐妹俩同母异父的兄弟）的妈妈，据说她另外还有三十多个孩子。

“喂，我最心爱的女儿！快来看看你新添的弟弟妹妹！”

——《姆明爸爸的回忆录》

老美宝总是忙得团团转。虽然如此，她仍然是一个充满爱心的母亲，把孩子们收拾得干干净净、安全又温暖。最棒的一点是，她每晚都会挤出时间来给孩子们读一个有趣的睡前故事。外表圆润的美宝个性开朗快乐，她喜欢大笑，喜欢给自己找乐子。

“生气？”美宝吃惊地说，“我从来不跟任何人生气，至少不会气很久。我根本没有那个时间！有十八九个小不点要洗洗涮涮，要哄着睡觉、穿衣服、脱衣服、喂饭、擦鼻子，哥谷知道。我的小姆明，我才不生气，我每时每刻都很愉快！”

——《姆明爸爸的回忆录》

迪 琪

我在想极光的事。你也说不清它是真的存在，还是只是眼睛看到的假象。

——《姆明山谷的冬天》

迪琪个子小小的，长着一双大大的蓝眼睛，眼神镇定，总是若有所思。她身上似乎永远穿着一件红白条的毛衣，头上的毛线帽不是蓝色就是红色，帽子底下又短又硬的头发朝四面八方支棱着。她老是很有耐心地坐着，守着冰窟窿钓鱼，等鱼上钩的工夫，她喜欢思考周遭的世界。她务实又独立，独自待着也丝毫不觉得寂寞。

"所有的事情都充满不确定，但恰恰是这一点让我觉得安心。"

——《姆明山谷的冬天》

跟姆明谷的绝大多数居民不同，迪琪冬天不冬眠，恰恰相反，冬天时她很活跃。她会住进姆明家海滩上的浴场更衣室，跟她同住的还有八只隐形的鼩鼱。

"人得靠自己去发现一切，"她答道，"也得靠自己去克服一切。"

——《姆明山谷的冬天》

“你觉得雪很冷。可要是用它给自己盖一间雪屋，里面又很暖和。”

——《姆明山谷的冬天》

正是有了迪琪的帮助，姆明才第一次了解什么是冬天。迪琪知道怎么保暖，怎么盖雪屋，怎么做好用的雪灯笼，甚至还知道严寒仙女到底什么时候会来。

迪琪已经与自然合一。只要用鼻子嗅嗅，她就能感觉到季节的变化——百试百灵。冬天即将离去时，她会脱下红色的毛线帽，把它翻个面，变成浅蓝色，准备迎接春天。每年这个时候，她都会给浴场更衣室来一场春季来临前的大扫除，把它收拾得干净舒适，等着姆明一家醒来。等到春天终于来临的时候，迪琪会摇起手摇风琴，叮叮当当地把姆明谷里冬眠的所有居民都叫醒。

“你感觉不到春天快来了吗？”

——《姆明山谷的冬天》

迪琪的冷静镇定是出了名的，她从来不会情绪失控。朋友们都很喜欢她，因为她说话总是值得一听。

啊，迪琪，她超喜欢浴场更衣室，特别是位于海滩上的那些，而且她很有点儿哲学家的味道。

——《姆明爸爸的回忆录》

麝　鼠

麝鼠摇摇头。“我很尊重你的这些推论，”他说道，“可是你错了，彻彻底底、完完全全、百分之百地错了。”

——《姆明山谷的彗星》

麝鼠是？你猜对了，就是一只麝鼠：浓密的毛，亮晶晶的黑眼睛，两撇八字胡，还有几根长须。他是个哲学家，睿智、镇定、威严，知识渊博，博览群书——反正他是这么看自己的。他最喜欢的一本书叫《万物无用论》，然而他真的好像很在意物质上的享受，包括在姆明爸爸的吊床上打盹儿（那是他最喜欢的地方）。

麝鼠原本在河边有自己的家，但是姆明爸爸修桥时不小心把麝鼠的家毁掉了，后来麝鼠就搬来跟姆明一家一起住了。要说有什么是麝鼠最想要的，肯定是安宁与安静。他说过自己的梦想就是退休后到一个荒无人烟的地方，一个人住。

有时候（这种时候还真不少）麝鼠的脾气挺大，特别是当有人吵吵嚷嚷，或者孩子们搞恶作剧惹他生气的时候（孩子们经常恶作剧）。姆明家人来人往的热闹对麝鼠而言有点儿太吵了。他喜欢摆出一副威严的样子。可是不小心一屁股坐进了蛋糕里，想再“威严”就有点儿难了。这还不算，接下来他还不得不泡进一盆热水里，好把黏乎乎的蛋糕渣从毛上洗下来。一句话，这个私底下很可爱的老麝鼠，明摆着喜欢大家尊重他。

“这扰乱了我的平静，”他抱怨道，“哲学家怎么能受这些俗事打扰？”

——《姆明山谷的彗星》

费尼钟

费尼钟们都是高高瘦瘦的，顶着一个长鼻子，不过真要遇到他们，你第一眼注意到的肯定是他们那一脸愁容。他们特别喜欢杞人忧天，大多数费尼钟一天到晚都在担惊受怕，觉得会发生天大的祸事（虽然几率基本为零）。费尼钟还特别怕虫子，怕灰尘，为此他们对做家务乐此不疲，最喜欢在屋子里擦抹扫洒、归整收纳。嗯，“乐此不疲”这个词用在费尼钟身上可能不合适，但他们从中获得了满足感是肯定的。

做个费尼钟可不轻松。

——《姆明山谷的夏天》

姆明一家曾经在一处水上剧院里住过一阵子。剧院以前的经理就是一个费尼钟，不幸的是，他过世了，不过姆明们见到了他的遗孀——舞台老鼠埃玛。费尼钟本身也确实长得很像老鼠，或者啮齿动物。很难想象一个总是担心这担心那的费尼钟做了剧院经理。在剧院里身负重任，他肯定得事事操心。

歌妮曾经在某个仲夏夜遇到过一位年轻的费尼钟。这位费尼钟小姐专门给她那为人不怎么样的叔叔和婶婶准备了晚餐，可那两位却根本没来。你可能已经猜到了：这位费尼钟也是神经兮兮的（我强烈怀疑那位剧院经理费尼钟和舞台老鼠埃玛，就是这里提到的叔叔和婶婶）！

还有费尼钟太太，她穿着一条长裙，戴着一顶毛线帽。以前她独自住在海边一处特别干净的房子里，家里有好多小物件和装饰品，费尼钟太太永远都在给这些物件掸灰擦抹（不用说，肯定还一边担心着它们丢失、磕碰或摔碎）。

她很难放松下来享受生活，因为她时时刻刻都被恐惧和疑虑困扰着，在她眼里处处都是危险。后来，最可怕的事情发生了——一场巨大的龙卷风把她的房子给吹走了。结果她发现自己没什么好担心的了，既然已经一无所有了，还有什么可失去的呢？她反而大大地松了一口气！

费尼钟深深吸了一口气。“从现在开始，我再也不用提心吊胆了。”她自言自语地说，“我自由了。现在我想做什么都行了！”

——《姆明山谷的伙伴们》

别的费尼钟可没有这么幸运，比如那年十一月来姆明家做客，正碰上姆明全家都不在的那位费尼钟。他有的只有担心、担心、担心。

费尼钟最害怕的十件事

（没有特定的排序，因为费尼钟会担心顺序排错了，然后不断地重新调整。没完没了。）

- **无序！** 费尼钟是那种什么都要一板一眼、按部就班的生物。

- **灰尘！** 所有东西都必须纤尘不染、光可鉴人。

- **虫子！** 谁知道它们身上沾了什么污垢和细菌？搞不好还会留下泥乎乎的虫子印，或者比这个**更糟糕**……想想吧，要是它们落在食物上！

- **不明噪音！** 天呀！什么动静？难道是树倒了，或者野兽要来袭击了，还是屋顶塌了，还是……还是……还是……未知是可怕的。

- **寂静！** 为什么这么安静？是不是有**大难临头**？不是有句话叫作“暴风雨前的宁静”吗？

- **风暴！** 又下雨又刮风，都乱套了——灰土、混乱还有破坏。

- **请来的客人！** 访客可能不友好，或者身上肮脏，或者会把东西搞乱，有可能无意中冒犯他们，还有，该说什么……或者不该说什么？再者，**要是他们压根儿没来怎么办？**

✱ **不请自来的客人！**可能会有鸟从窗子不小心撞进屋里来，一头撞进你的头发或者窗帘或者……别的什么东西，缠成一个大疙瘩。又或者**你想独处**，却刚好有人前来做客喝茶。

✱ **社交礼仪！**对费尼钟而言，礼仪和传统简直太重要了。什么地方什么时间就要说什么话做什么事。可是……**万一做错了可怎么办**?!

✱ **基本上任何一件事！**

我不知道你怎么想，反正光是看一眼他们担心的这些事我就已经头大了。这才相当于在费尼钟的脑袋里呆了几分钟。想象一下一辈子都这么过是什么感觉。

托夫特

“我以前从来没发过火。火气一涨起来就会哗啦啦地溢出去泄掉，就像瀑布一样！我的脾气也很好。”

——《十一月的姆明山谷》

托夫特个子小小的，两条小短腿，一双大眼睛，头发乱蓬蓬的（很多人都没意识到，其实托夫特是个霍姆珀）。托夫特住在希米伦那条船的船头。船头上大部分时候都盖着一块防水油布，所以没人知道他在那儿。托夫特喜欢待在船上，那儿有他熟悉的沥青味（他对气味特别在意），蜷缩在那盘缆绳中间的窝窝里，让他很有安全感。他有件又大又暖和的外套，这让他无惧夜晚的寒冷。他还经常给自己讲有关姆明谷的故事。

托夫特特别想去拜访姆明一家，想得不得了，于是他就真去了，可是没人在家。他在那儿找到一本旧书读了起来，读得非常慢，书的内容很高深，都是晦涩难懂的词，好像是关于动物学或者海洋生物学的，大部分内容他都看不懂，但是这书有一种奇特的美。而且，托夫特以前从来没有属于自己的书。

另外，花园里的珊瑚架子上，姆明爸爸的水晶球也让他很着迷。他独自一个人的时候，总忍不住往水晶球里张望，因为啊，就算在里面看不到姆明一家，也能看到其他居民同样在等待姆明们的归来。

托夫特性子好，人很害羞，不爱说话。他偶尔会忍不住发脾气，但马上又会因此不安和尴尬。托夫特似乎不怎么了解自己。他一直想弄明白为什么自己有时候会觉得孤单、不合群，这也许是因为他的身边没有家人。

“我想有一个永远不会怕我、真心喜欢我的人。我想要个妈妈！”

——《十一月的姆明山谷》

米萨贝儿

“事事都不顺，没一件顺的！前天有人在我的鞋子里塞了一只松果，笑话我的脚大；昨天希米伦从我的窗前走过，笑得那么意味深长。”

——《姆明山谷的夏天》

可怜的米萨贝儿！小家伙敏感得不得了，动不动就眼泪汪汪的。什么事都往心里去，什么都能让她触景生情。唯一一丁点儿值得欣慰的，就是她不高兴的时候好像正是她最快乐的时候。任何一句无心的话都可能惹到她，让她发脾气。她动不动就苦着脸自怨自艾。她认定了自己又胖又孤独，觉得胖乎乎很糟糕（这一点哪个姆明都不会赞同）。

米萨贝儿正读着她那部分脚本，突然一把就把剧本扔了，哭了起来。“这写得太轻快了。一点儿也不适合我！”

——《姆明山谷的夏天》

米萨贝儿个子小小的，一头深色头发直溜溜的。基本上见不到她笑。跟姆明一家还有其他朋友一起，米萨贝儿发现了在舞台上表演的乐趣。但对米萨贝儿来说，姆明爸爸的剧本初稿实在是太过于轻松愉快了。米萨贝儿坚持要求她演的那个角色最后必须死掉，她想要一个悲剧结尾。当这个愿望终于实现时，她高兴极了，从来没有人看见她那么高兴过！

“我想当女主角。”米萨贝儿说，“但是我想演悲伤的角色。要不停地喊叫、哭泣、哭泣。”

——《姆明山谷的夏天》

小苦苦

但是，无论是狗拉雪橇还是滑雪都激不起小苦苦的兴趣。它总是整夜坐在外面，对着月亮嚎叫；到了白天又打瞌睡，总想自个儿待着。

——《姆明山谷的冬天》

有一年，一条小瘦狗在隆冬时节来到了姆明谷。它戴着一顶破旧的毛线帽，帽子拉得很低，盖住了耳朵，它的模样很凄苦，这就是小苦苦。它到姆明谷来是为了找吃的（自从大寒天到来之后，食物就变得特别紧缺）。

小苦苦在姆明家的浴场更衣室住了下来。晚上，它会走出家门，走进白雪皑皑的森林，这样它就能看到远处的孤山，听到野狼的嚎叫。每天晚上，小苦苦都会“呜呜”地对着它们吼叫，那是一首长长的忧郁的歌。它热切地期盼能找到狼群，跟它们一起玩，可当它终于有机会实现这个愿望时，它才意识到自己和狼根本不一样。说实话，它觉得狼怪吓人的。不过，让人高兴的是它后来真的去孤山了，还玩得很开心，是和滑雪的希米伦结伴去的。

小咬咬

小咬咬还有个坏毛病：喜欢把太长（按照它的审美来说）的鼻子咬掉。所以我们大家都有点儿紧张，原因是明摆着的。

——《姆明爸爸的回忆录》

统治小咬咬的那个女王样子出奇地像希米伦姑妈，就是以前管理姆明孤儿院的那个。因为她就是那个希米伦呀！她给小咬咬出心算题，咬咬们特别爱做，这也是它们选她做女王的原因之一。

咬咬是一种毛茸茸的小动物。它们住在姆明谷的河床底下，用牙齿挖地道。它们长着小胡子、浓眉毛，还有长尾巴，个别咬咬的脚上还会长吸盘。要是你听到它们在远处闷声闷气地低嚎，那说明一大群小咬咬正向这边靠近。当心！等小咬咬们乌泱泱地涌过来，光凭数量就足够把你掀翻了。

我们看见希米伦姑妈失去了平衡，只是几秒钟的工夫，她就被小咬咬毛茸茸的后背铺成的活地毯给运走了，手里还拼命挥舞着雨伞。

——《姆明爸爸的回忆录》

小咬咬大群大群，或者说整窝整窝地生活在一起。基本上不管是什么，它们都会拿来又啃又咬，对奇怪或者未知的物体更是如此。它们尤其喜欢咬大鼻子。有一次，几千只小咬咬包围了姆明爸爸的屋船，还掠走了希米伦姑妈，十有八九就是因为她的鼻子最大（那也是它们第一次遇到她）。

撇开把你撞翻，还有咬你鼻子这样明摆着的风险（尤其是对姆明、希米伦和其他鼻子大的生物），总体来说小咬咬还是比较无害，本质上很善良的小动物……虽然你可能更乐意一次遇到一两只，而不是一下子遇上一整窝。咬啊！咬啊！

舞台老鼠埃玛

“谢天谢地，我亲爱的丈夫、舞台经理希米伦（愿他安息）看不到你们这帮人！你们对剧院一窍不通——显而易见，半窍都不通，根本连边儿都不沾！”

——《姆明山谷的夏天》

那次姆明一家遭难，被迫躲进了后来被发现是一座水上剧院的地方。一切看起来都还好，直到大家开始听到重重的跺脚声，还有其他奇怪的动静。恶意的冷笑在空荡的房间里回响，从黑暗的角落里传来轻蔑的哼声……当时姆明们还不知道，一双锐利的小眼睛正在黑暗处盯着他们。那是一只老鼠，不过可不是普通的老鼠：那是舞台老鼠埃玛。

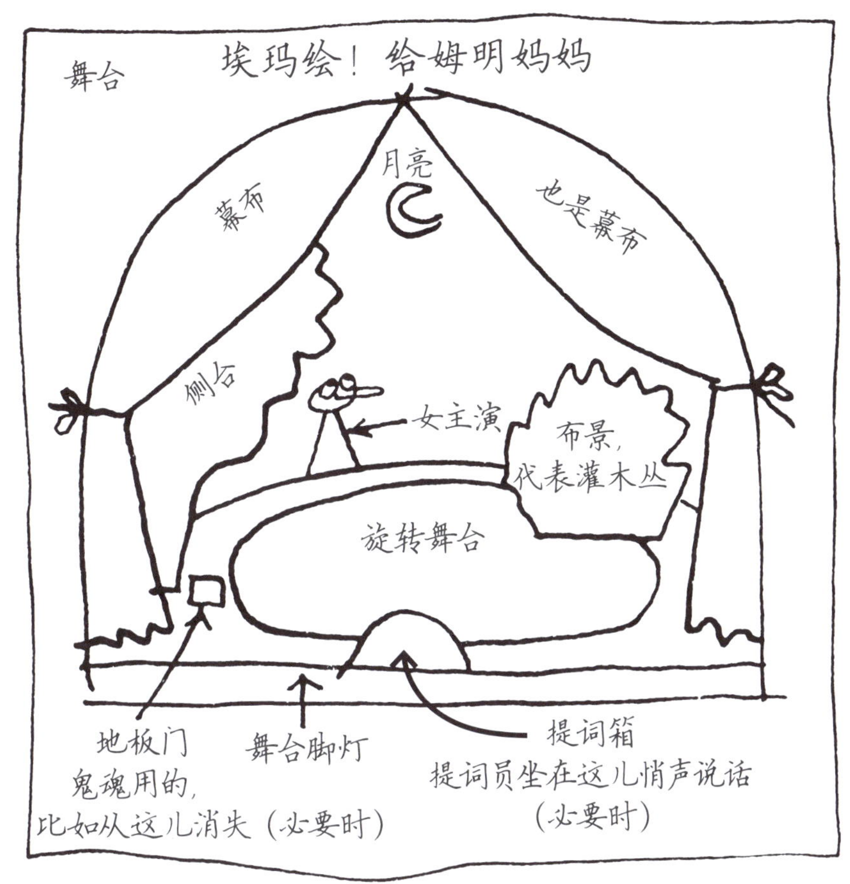

埃玛最后在姆明一家眼前现身了，但态度相当不友善，话里带刺，还疑心重重——姆明一家居然不知道自己待的这个地方是个剧院，还以为这是一栋漂浮在水面的房子！埃玛对此嗤之以鼻。她如今是个寡妇，她的丈夫费尼钟活着的时候曾是这家剧院的舞台经理，而埃玛，自始至终都为自己对戏剧的了解而自豪。不过在姆明们自己开始排戏后，埃玛在大家的劝说下还是出手帮了忙，提供专业指导，人也随之变得平易近人，慷慨大方。她对戏剧和剧院真的很懂。

“但是，用咱们舞台上的行话说，要是你想被喝倒彩，那我随时支招，包你管用。只要我有空。”

——《姆明山谷的夏天》

林中小人

他们是毛茸茸的林娃娃。他们不喜欢这座公园，就像不喜欢公园管理员叫他们去玩的那个沙箱一样。他们想爬树、倒立、在草坪上撒欢儿……

——《姆明山谷的夏天》

林中小人都很小，所以林娃娃——或者应该叫“林中小小人”——就更小了。最出名的那帮林中小人应该是那二十四个被成年林中小人忘掉或者弄丢了的林娃娃……他们每天都聚在一座公园里。不幸的是，这座公园正是公园管理员希米伦管理的那一座！公园里什么都没有“不准”的牌子多。林娃娃们不准踩在草地上，更别提到处跑、做游戏还有爬树了，他们只能在一个特别小、特别乏味的沙箱里玩……直到史力奇出现，把他们都救了出来！很快史力奇就发现，照顾小林娃娃是个辛苦活儿，他们一会儿喊饿，一会儿喊累，有的时候还会哭。

林娃娃们打着喷嚏，鞋子也丢了，还问为什么没有面包和奶油吃。有几个林娃娃打了起来。一个往嘴里塞了一嘴的松针，还有一个被刺猬扎了。

——《姆明山谷的夏天》

史力奇从来没有照顾小孩，或者林中小人，或者林娃娃的经验，但是他尽了全力逗他们高兴，照顾他们，还给出了很有用的建议，比如：除非沥青干了，否则不要爬到屋顶上去。对喜欢独处的史力奇来说，能做到这样真的很无私了。林娃娃们很感激他，为了表达谢意，专门给他做了一个绣花的烟草袋。

如今，林娃娃们都在云杉湾上的水上剧院里生活和工作，跟舞台老鼠埃玛、埃玛的侄女费尼钟和米萨贝儿在一起。

小霍姆珀

要是米萨贝儿突然变成了霍姆珀那样，或者霍姆珀变成了希米伦那样，生活会变成什么样子呀？

——《姆明山谷的夏天》

小霍姆珀的眼睛又大又黑，头发翘翘的。（他看起来很像托夫特，托夫特也特别像他，因为托夫特也是个霍姆珀。知道这个的人不多。）小霍姆珀穿着一件深色外套，围着一条围巾，围巾用一只别针别着。他是个很严肃的小家伙，很努力地想要弄明白身边的世界，可最终却愈发迷惑。小霍姆珀天生好奇，什么都想弄明白——事物的原理、事情的起因，以及人为什么会有各种行为方式。他希望自己能再聪明一点儿，这样说不定就能把这些问题全都搞懂了。

小霍姆珀诚实善良，对还没有在舞台上焕发新生的那个悲痛欲绝的米萨贝儿满是同情。他还很勇敢。当水上剧院里出现咚咚的怪声时，所有人都吓坏了，是小霍姆珀抓起一把剑，第一个冲出去迎战神秘的入侵者（幸好后来发现那只是舞台老鼠埃玛）。

姆明们演戏的时候，小霍姆珀帮忙做幕后工作——把月亮升起来，负责开鼓风机——他发现自己做这个很在行。最终他取代了埃玛死去的丈夫费尼钟，成了水上剧院新的舞台经理。

> “真希望我能再稍微聪明一点点，”他想，“或者再年长那么几个星期。”
>
> ——《姆明山谷的夏天》

姆明爸爸
年轻时的
伙伴

大快活

他喜欢一切被"明令禁止"的事情。他总是和警察、法律，还有交通标志牌斗个不休。

——《姆明爸爸的回忆录》

史力奇的爸爸大快活戴着一顶很难认错的尖帽子，还吸烟斗，看上去和史力奇像极了。或者应该倒过来说——史力奇和大快活长得特别像，因为大快活是史力奇的爸爸。父子俩都讨厌各种条条框框……外加公园管理员和警察！大快活基本上对任何事都不上心，他以一种休闲懒散的方式生活着，随遇而安，当然，一边还不忘吸着他的烟斗。

姆明爸爸第一次见到大快活，是他发现大快活居然住进了自己的房子里！没人知道他是怎么进来的，因为门锁着，但这正是大快活的风格，要是屋子没锁，那进屋还有什么乐趣？大快活以破坏规则为乐，一般什么不被允许他就做什么。他和姆明爸爸成了好朋友，还有霍金斯，三个人一起有过很多冒险经历。

霍金斯

总有些事情对我们来说至关重要。小时候你想去探求。现在你想成就。而我只想去做。

——《姆明爸爸的回忆录》

姆明爸爸最早认识的朋友是霍金斯。霍金斯和姆明爸爸第一次相遇是在树林里，当时姆明爸爸刚刚在姆明谷盖起了他的第一幢姆明屋。霍金斯教会了姆明爸爸怎样用树枝和树叶造小水车，从那以后两个人就成了朋友。

霍金斯是个动手能力很强的人，他喜欢自己动手，也很善于发明和制作。和姆明爸爸一起建屋船也是霍金斯的主意，那条船取名“海洋乐队”号（被老糊涂在船身上刷成了“海羊乐队”号）。起这个名字是为了纪念霍金斯失散已久的兄弟——这位兄弟曾写过一本叫《海洋乐队》的诗集。我怀疑这位失散的兄弟没准儿就是老糊涂的爸爸，因为霍金斯是老糊涂的叔叔。老糊涂的父母在一次春季大扫除时双双失踪，霍金斯就收养了这个侄子。

后来，霍金斯设法给这艘船加上了轮子和鳍，把它改装成了一艘潜艇。难怪在琼斯老爹的庆祝会上，霍金斯被授予“皇家惊喜发明家”的称号！

霍金斯是个少言寡语的人，是那种最值得拥有的好朋友。

他说那是一所好房子（他的意思是，那是一所美妙而迷人的房子。霍金斯从不喜欢夸大其词）。

——《姆明爸爸的回忆录》

老糊涂

想知道老糊涂是什么样的人，光看他的名字就知道了。他爱搜罗东西，可脑子总是稀里糊涂，一天到晚东西不是丢了，就是失手摔了，要不就是忘了放哪儿了。他的形象也是一团糟：头上扣着只炖锅，一身衣服破破烂烂，身上带着的东西也稀奇古怪——一个装着曲别针、裤子纽扣和切奶酪刀的罐子，还有一大堆不知道是甲乙丙丁的小东西（可千万别和某甲和某乙这两个小东西弄混了）。他爱他的宝贝，要是有哪一样不见了，他会急得要命。

> 老糊涂飞速冲了过来，奋力摇尾巴、扇耳朵，一边抖着胡子。“晚上好！”他喊道。
>
> ——《姆明爸爸的回忆录》

老糊涂的糊涂劲儿让他连字都写不对。在给霍金斯那条屋船的船身上刷船名时，他把“海洋乐队”号写成了“海羊乐队”号，不过好像也没有人特别在意。他还总是惹乱子。有一次他做饭忘了加布丁，还不小心把几个齿轮放进了煎蛋卷，但话说回来，老糊涂向来诚实勤恳，心眼儿也挺好。

老糊涂其实是霍金斯的侄子（没错，霍金斯就是他的叔叔）。自从他爸妈在一次春季大扫除时失踪以后，他就被霍金斯收养了。老糊涂爱上了一个绒绒，两个人结了婚，生了一个儿子，那就是吸吸。也不能说他们弄丢了吸吸，不过吸吸确实是去跟姆明一家一起生活了。

姆明的智慧一刻

他们的冒险总是这样——救人和被人救。我真希望什么时候谁能写个故事，讲讲后来谁给故事中的英雄们烘热身子。

——《姆明山谷的冬天》

他决定变得沉默而神秘，就像哈蒂法特纳人一样。要是一个人不说话，大家就会尊敬他，他们认定这样的人懂得特别多，活得也特别有意思。

——《姆明山谷的伙伴们》

那是一条有趣的小路，一会儿弯到这儿，一会儿弯到那儿，弯弯曲曲朝着不同的方向延伸，有时候还高兴得打个结（这样的小路不会让你感觉疲倦，我也不确定，这样的路会不会让你更快到家）。

——《姆明山谷的彗星》

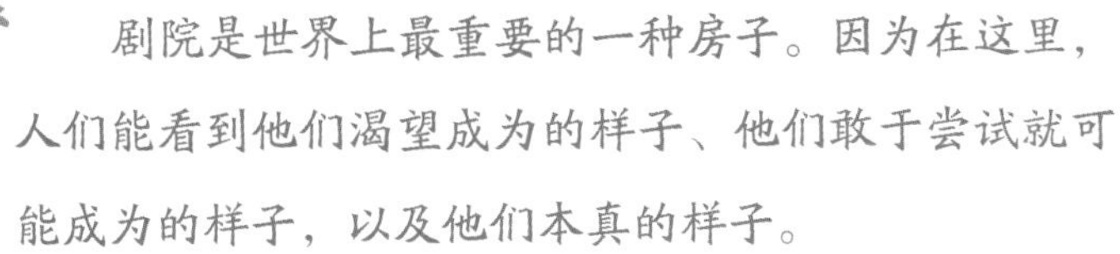

剧院是世界上最重要的一种房子。因为在这里，人们能看到他们渴望成为的样子、他们敢于尝试就可能成为的样子，以及他们本真的样子。

——《姆明山谷的夏天》

新生活就这么开始：桅杆顶上亮着防风灯，海岸线在你身后慢慢消失，整个世界都沉入安睡；夜航真是世界上最美妙的事了。

——《姆明爸爸海上探险记》

“但，一旦你开始想要这要那，就会这样了。现在，我只是看看；离开的时候，我会把它们都装进脑海，这样我的双手就能永远空空如也，因为我完全用不着手提箱。”

——《姆明山谷的彗星》

姆明谷的
阴暗面
Tove

姆明谷是一个美丽而神奇的地方，但它同样有阴暗的一面。有一些奇怪又吓人的东西在谷中到处游荡：布勃尔、哈蒂法特纳人和蚁狮，当然，还有哥谷。有时，姆明一家和朋友们会面临真实的危险，他们必须学会照顾自己，提防那些可能伤害到他们的生物。

就算是这样吧。姆明一边沿着河静静地走着，一边沉思。这儿有哥谷和警察，有会掉进去的深渊。而且，人还会被冻死，被风刮上天，或者掉进海里，被鲭鱼骨头卡住喉咙，或者好多别的灾难。

——《姆明山谷的夏天》

哈蒂法特纳人

它们像蝴蝶一样轻盈地掠过自己的倒影，没有一个发出一点儿声音：小小的灰白色生物彼此紧靠着，直愣愣地望向远处的地平线。“是哈蒂法特纳人。”霍金斯说。

——《姆明爸爸的回忆录》

哈蒂法特纳人总是一大批一大批地集体行动，看起来简直就是大写的“H”。它们总是成群结队，默不作声，表情严肃。它们有着奇怪的模样，看起来活像白色的小蘑菇茎上长了两只灰白的圆眼睛，外加左右各一只海草叶子一样的手。哈蒂法特纳人在无尽的海上航行中度过一生，似乎想要到达某个遥不可及的目的地。它们又聋又哑，不吃不睡，只是一刻不停地前行。

这些白色的小东西一刻不歇地从一个地方游荡到另一个地方，毫无目标地寻找着，没人知道它们在找些什么。

——《姆明山谷的彗星》

没人说得清哈蒂法特纳人是高兴还是悲伤，生气还是惊讶，它们也从未表露过任何情绪和情感。唯一能让它们有反应的是终于看到陆地的那一刻，这时候它们好像突然活跃起来，排着队迫不及待——对，就是迫不及待地——朝岸上涌去。

没有安宁。永不停歇。永远在路上。

——《姆明爸爸的回忆录》

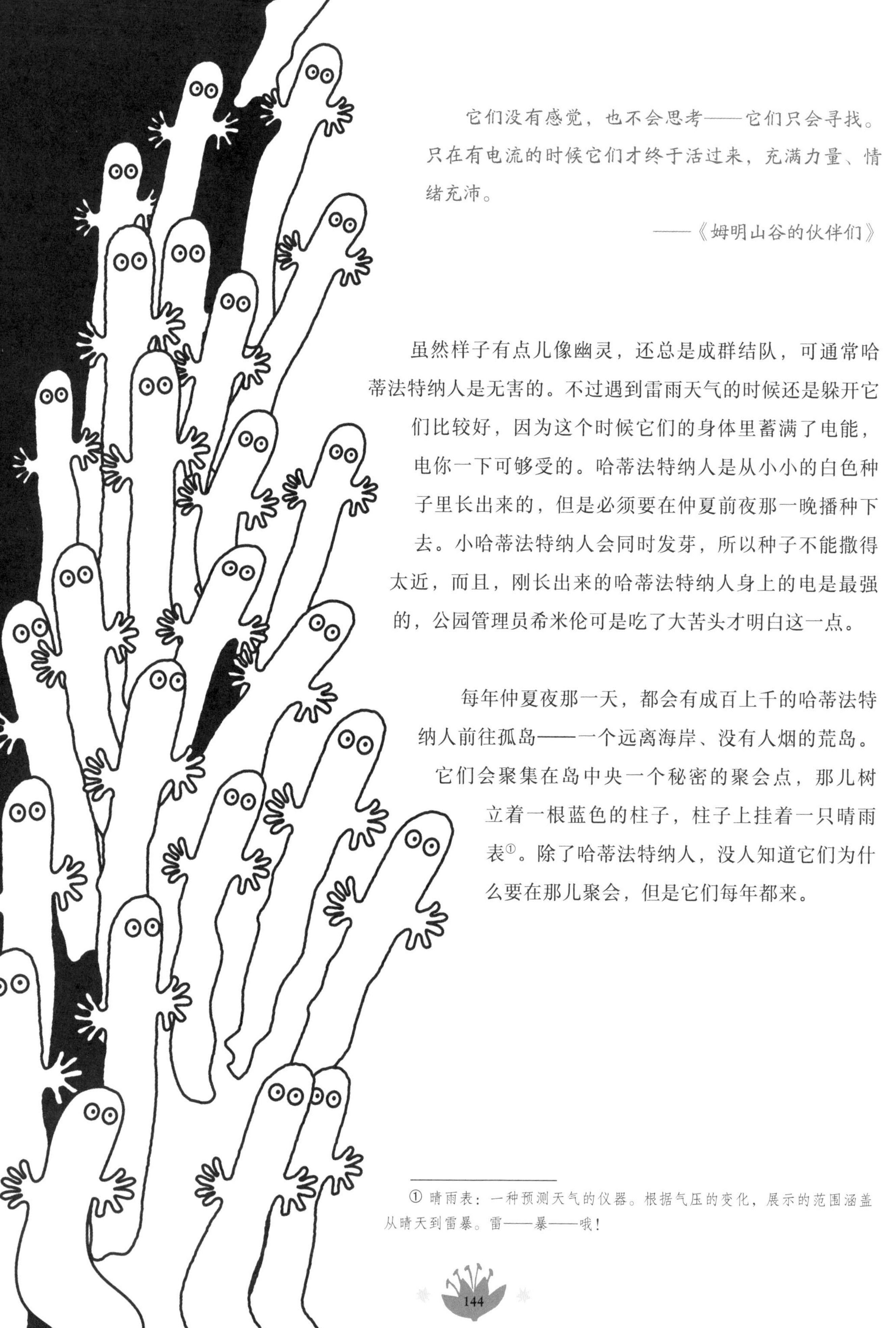

它们没有感觉，也不会思考——它们只会寻找。只在有电流的时候它们才终于活过来，充满力量、情绪充沛。

——《姆明山谷的伙伴们》

虽然样子有点儿像幽灵，还总是成群结队，可通常哈蒂法特纳人是无害的。不过遇到雷雨天气的时候还是躲开它们比较好，因为这个时候它们的身体里蓄满了电能，电你一下可够受的。哈蒂法特纳人是从小小的白色种子里长出来的，但是必须要在仲夏前夜那一晚播种下去。小哈蒂法特纳人会同时发芽，所以种子不能撒得太近，而且，刚长出来的哈蒂法特纳人身上的电是最强的，公园管理员希米伦可是吃了大苦头才明白这一点。

每年仲夏夜那一天，都会有成百上千的哈蒂法特纳人前往孤岛——一个远离海岸、没有人烟的荒岛。它们会聚集在岛中央一个秘密的聚会点，那儿树立着一根蓝色的柱子，柱子上挂着一只晴雨表[①]。除了哈蒂法特纳人，没人知道它们为什么要在那儿聚会，但是它们每年都来。

① 晴雨表：一种预测天气的仪器。根据气压的变化，展示的范围涵盖从晴天到雷暴。雷——暴——哦！

向四个“我以前怎么不知道！”的哈蒂法特纳人知识点致敬（除非你已经知道了）

- 蓄满电的哈蒂法特纳人会散发出一股硫磺和橡胶烧焦了的味道。
- 它们会在到过的每座岛屿的制高点放置一枚小小的卷轴。
- 哈蒂法特纳人的眼睛有时候会变色。
- 哈蒂法特纳人会隐形。没错：隐形哦！

太阳就要下山了，但傍晚仍然很暖和。哈蒂法特纳人齐齐开始生长。在修剪得整整齐齐的草坪上，白色的圆坨这里一朵、那里一朵地冒出来，就像雪球蘑菇一样。

——《姆明山谷的夏天》

哥 谷

不用说，那个哥谷又来了。她涉水过来，悄悄地爬上海滩，全身裹在一大团寒气里，一副不怀好意的样子。

——《姆明爸爸海上探险记》

哥谷一向独来独往。要是她歌里唱的是真的："没有别的哥谷，我是唯一的一个。"那姆明谷除了她，就没有别的哥谷了（姆明谷的很多居民也会说，有这一个就够了）。哥谷模样古怪，性情也古怪，虽然她移动的时候是慢慢地滑行，却总是出其不意地出现在人眼前，好像是从空气里突然冒出来的。她的鼻子很大，只长了一排下牙，面无表情，两个吓人的眼睛总是直直地瞪着你。所有温暖可爱的东西，只要哥谷一靠近，就会变得冰冷，就连熊熊燃烧的火都会熄灭。哥谷走过的地面会结冰，空气中弥漫着不正常的寒意，让人想起最寒冷的冬天，或是想到死亡。

姆明谷的哥谷有着冷冷的眼神和沉默如幽魂的身影，谁见了她都怕，某甲和某乙就被她吓坏了。唯一不怕哥谷的人是迪琪，她特别同情这孤独的灰色生物。毕竟有时候，生来的模样秉性谁也没办法改变。

“你看，她来并不是要把火弄灭，她只是想暖和暖和。可怜的人。”

——《姆明山谷的冬天》

她并不是特别高大，看起来也不危险，但是你心里觉得她特别邪恶，好像永远在窥伺。这太可怕了。

——《魔法师的帽子》

没人知道哥谷从哪儿来，或者为什么来。她总是孤零零一个。极偶尔那么一两次，她会用冷冰冰的声音、硬邦邦的一个单词来回答问题。歌妮哥哥就这样和哥谷达成了一项交易，得到了闪亮亮的红宝石之王——那本来是哥谷的心爱之物——她接受了那顶有魔力的魔法师帽子作为交换。

突然，她一把抓过帽子，一言不发，就像一团冰冷的灰色影子一样滑进了森林。那是人们在姆明谷最后一次见到她，也是人们最后一次见到魔法师的帽子。

——《魔法师的帽子》

关于哥谷

你应该了解的事

- 哥谷在山里猎食（猎食什么，我们不知道，也不想知道……）

- 她的嚎叫声很可怕（可能是因为悲伤）。

- 她不会游泳（反正她周围的水很快就会冻住）。

- 她除了会把她碰过的所有东西冻住，还会让所有的颜色褪色。

- 人们用“哥谷要来了”吓唬小孩（可怜的小孩子，可怜的哥谷）。

有那么一会儿，哥谷一动不动。山上空无一人，大家都离开了。于是她又从冰上滑下来，转身回到了黑暗中，就像她来的时候一样，孤零零的一个。

——《姆明山谷的冬天》

布勒尔爱德华

“哈！”它咆哮着。“这要不是霍金斯和他那帮什么什么船员让哥谷把我抓去！我可就逮住你们了！”这是布勒尔爱德华在说话呢，你都想象不出它有多生气。

——《姆明爸爸的回忆录》

布勒尔爱德华的块头大极了。它是个布勒尔，布勒尔都是超级大块头，而布勒尔爱德华算得上是布勒尔里个头儿最大的，据霍金斯说，它是世界上最大的动物。事实上，布勒尔爱德华已经大到令姆明爸爸把它的一条腿误认作了一座塔。布勒尔爱德华从来没想过要伤害任何人，可是对别人来说，它那巨无霸的个头儿就意味着危险：要知道，它无意之间就能把人压扁了。事实上布勒尔爱德华很有良知，不光有良知，它还会非常非常难过。要是它不小心把别的动物压扁压死了，它会整整哭上一个星期，甚至还会付丧葬费。

霍金斯清楚，布勒尔绝不是水族里最聪明的动物。有一次，霍金斯的“海洋乐队”号搁浅了，他就劝说布勒尔爱德华在河里洗个澡。布勒尔爱德华真洗了，结果掀起了一股大浪，把船直接冲回了水里。计划成功了！可是布勒尔爱德华不高兴，河床上的石头硌疼了它的脚，所以它很生气，而布勒尔生起气来对谁都不是个好消息。

关于布勒尔的三点知识

- 所有的布勒尔周四都吃豆子汤
- 所有的布勒尔周六都要洗个特别的澡
- 所有的布勒尔的脚都特别敏感

小岛幽灵

“我来了！”小岛幽灵用他那独特的腔调说，“颤抖吧，你们这些凡人！被遗忘的骨骸要来复仇了！”

——《姆明爸爸的回忆录》

有一次，姆明爸爸、老糊涂和大快活登上了一座岛，登岛之后他们就开始遇到些奇奇怪怪的事：一团雾一样的灰影子从他们身边飘过，三个人登时觉得身上莫名其妙地嗖嗖发寒，他们还听见奇怪的咯吱声和敲打声。这些诡异的现象背后到底是谁、或者是什么在捣鬼呢？没错，这一切都是一个幽灵的杰作。

小岛幽灵真是很让人头疼的生物。整整一个星期，他想尽办法折腾，怎么吓人怎么来：怪笑、挪家具，还把链条摇得咯咯作响。他甚至还给姆明爸爸他们送了个信，警告他们“你们的下场已经用鲜血写在了恐怖屋的墙上！”每次他开口讲话总会附上警告，次次包含诸如“下场”和“被遗忘的骨骸”之类的词句。

但姆明爸爸和船上的其他人不为所动。他们跟小岛幽灵说话，就好像他是一个并不可怕的、有生命、会呼吸的生物。最后，姆明爸爸还主动提出用包装盒子帮小岛幽灵铺一张床，盒子外面画上骷髅和骨头。霍金斯也传授给小岛幽灵一些高招，告诉他怎么用棉线这类最简单的日用品吓唬人。最最后，在黎明时分，他们推选小岛幽灵成为他们皇家军团的一员，并正式授予他“恐怖岛之魔”的称号。我百分之一万地相信，小岛幽灵如今仍然生活在那座岛上（对了，这里可以用“生活”这个词吗？），而且非常非常快乐。

“太舒服了，”小岛幽灵说，“要是我晚上弄出一些声响，请千万别介意。我习惯这么睡了。”

——《姆明爸爸的回忆录》

蚁 狮

"我要往你的身上喷沙子。"蚁狮气冲冲地说，"等到把你喷得跌进我的洞里，我就一口把你吞掉！"

——《魔法师的帽子》

蚁狮是一种很狡猾的生物，藏在海滩的沙子下面。它的头看起来像只脾气暴躁的狮子，大眼瞪着，满脸凶相。蚁狮是很可怕的敌人，它最爱玩的把戏就是钻到沙子底下挖出一个坑，把自己藏在坑底的沙子里，当毫无防备的小动物掉进坑里，就会被蚁狮吃掉。

蚁狮的速度很快，只需要三秒钟就能挖好沙坑。有一次，它把沙子扬进了姆明妈妈的眼睛里，姆明妈妈差点儿掉进它挖的坑里。蚁狮的脾气太糟糕，一定要离它远远的。

"一、二、三！"它像只旋转的螺旋桨向沙地里挖去，直接钻进了埋在沙中的罐子。真的只用了三秒钟，说不定只用了两秒半，因为它实在是气坏了。

——《魔法师的帽子》

严寒仙女

要是不小心看见了她的脸，就会被冻成冰。你会被冻得像块硬邦邦的饼干，连渣都不会掉。所以今晚最好待在家里，这就是原因。

——《姆明山谷的冬天》

神秘的严寒仙女会在每年大严寒的时节，也就是冬天最冷的时候到来。迪琪的鼻子能闻到大严寒什么时候到来，她知道严寒仙女有多危险，并提醒大家那天晚上务必待在屋里。

严寒仙女终于来了。她踏冰而过，一身纯白，一双冷冷的蓝眼睛，美得惊人。那个冬天，在她经过迪琪、姆明和小美藏身的浴场更衣室时，房间里扫过了一阵冷飕飕的风，就连炉火都黯淡下去。冰冷又沉默的严寒仙女会施法迷住所有她遇到的生物，其中包括一只小松鼠。

它着了魔，回望着她，直直地看向她冰冷的蓝眼睛。严寒仙女微微一笑，继续向前，而她身后留下了那只傻傻的小松鼠，僵硬地倒在地上，四爪朝天，没了知觉。

——《姆明山谷的冬天》

长着漂亮尾巴的松鼠

那只长着漂亮尾巴的松鼠，没有听迪琪的话，没有在大严寒到来时躲在温暖又安全的屋里。正相反，它待在了外面的雪地里。严寒仙女一抬眼，它就被冻了个结结实实，四爪朝天，僵硬得像一块木板。隐形的鼩鼱用热毛巾把可怜的松鼠裹了起来，但它也还是连胡子都没能动一下①。而严寒仙女甚至没有片刻驻足，她只是径直前行。

① 为防止读者看到这里想哭，请马上翻到本书第 356 页。

马梅卢克鱼

似乎有个可怕的大家伙从奇怪的水底浮上来，绿油油、黏糊糊的，就像丛林中大树的树干，于船底滑过。

——《魔法师的帽子》

马梅卢克鱼是海里的一种巨型大鱼，重达好几百公斤，嘴巴和尾巴都大得惊人。歌妮哥哥有一次去钓鱼——就是那次著名的马梅卢克鱼猎捕，他和姆明、歌妮和史力奇一起，同马梅卢克鱼展开了一场激烈的斗智斗勇。马梅卢克鱼先是挣断了歌妮哥哥的第一根鱼线，后来大家终于用绳子拴住它了，马梅卢克鱼又拖着船到处跑，就像一条大狗拽着牵绳的主人跑似的。歌妮哥哥他们被拖得离岸越来越远！

最后，经过一场艰苦卓绝的斗争，马梅卢克鱼最终败下阵来死掉了，并被拖回了岸上。歌妮哥哥想称称鱼有多重，可惜他还没来得及动手，希米伦就把鱼煮了，还吃掉了七分之一！

这是他们自己的错。谁让他们叫希米伦冒着雨守着大鱼的尸身，又把他忘在了脑后呢？不管怎么说，我真为马梅卢克鱼感到遗憾。

他们把整条马梅卢克鱼放在火堆上烤熟，从头到尾吃了个干净。可直到很久以后，大家都还在争论这鱼到底有多长：是从阳台最底下的台阶到小木屋呢？还是只到丁香花丛呢？

——《魔法师的帽子》

姆明谷的音乐

所有小动物都应该在尾巴上系上蝴蝶结

所有小动物都应该在尾巴上系上蝴蝶结，
因为希米伦正把监狱关掉。
满怀欣悦，小霍姆珀会对着月亮舞蹈。
擤擤鼻子，米萨贝儿，瞧那喧闹，你该尽情欢笑！
看那些郁金香，多么快乐明媚，
在清晨美妙的阳光下闪耀！
慢慢地，啊，慢慢地，这天堂般的夜晚
像回音一样渐远渐消！

作词、作曲、演奏及演唱：史力奇

姆明谷经常有音乐响起，因为住在那里的很多居民一有兴致就会唱歌。用音乐来迎接春天再完美不过了，就像迪琪，他会用手摇风琴唤醒所有冬眠的小动物，包括姆明一家。

迪琪的手摇风琴响个不停，阳光倾泻进山谷，就好像所有的坏天气都在为过去这段日子表现得如此不友善而抱歉。

——《魔法师的帽子》

唱歌也是表达沮丧心情的好办法，比如《姆明的愤怒之歌》，唱的就是被人从冬眠中早早叫醒，却发现自己那么冷那么孤独的心情；而迪琪那首《长着漂亮尾巴的松鼠》，则是为了纪念那只被冻僵的小可怜——就是被严寒仙女瞥了一眼、大家都认为它死掉了的小松鼠；而史力奇的《晨曲》则正相反，歌曲欢快，在一天刚开始的时候唱起它，十分令人振奋。

一点儿也不用担忧、害怕或烦恼：
来日方长，我们所有人都青春正好。
那些哈蒂法特纳人一个不少，
都已经迎着朝阳坐船驶远。
没有什么能美得过
斯诺尔克小妞头发弯弯的波浪卷。

这曲子他琢磨了好些天，但还不太敢拿出来。要等它彻底酝酿成熟了才行。到时候，他只要嘴唇一挨口琴，所有的音符就会自动跳到它们该去的地方。

——《姆明山谷的伙伴们》

史力奇可能是姆明谷里最出色的音乐家，他不仅会演奏口琴和长笛，还会自己谱写应景的曲子。

他最有名的曲子，就是《所有小动物都应该在尾巴上系上蝴蝶结》。每当这曲子在春天的空气里回荡，姆明的心中就充满了喜悦，因为它意味着，自己最好的挚友就要回到姆明谷了。

姆明不会演奏乐器，也清楚自己的嗓音很一般，但他会吹口哨，而且什么类型的音乐都喜欢。姆明谷里的绝大多数居民也一样。不管是希米伦刻板的铜管乐队，还是美宝的女儿伴着史力奇欢快的曲子快乐地舞蹈，还是姆明妈妈的睡前儿歌，音乐无处不在，陪伴着姆明谷居民的生活。

口哨与呼叫

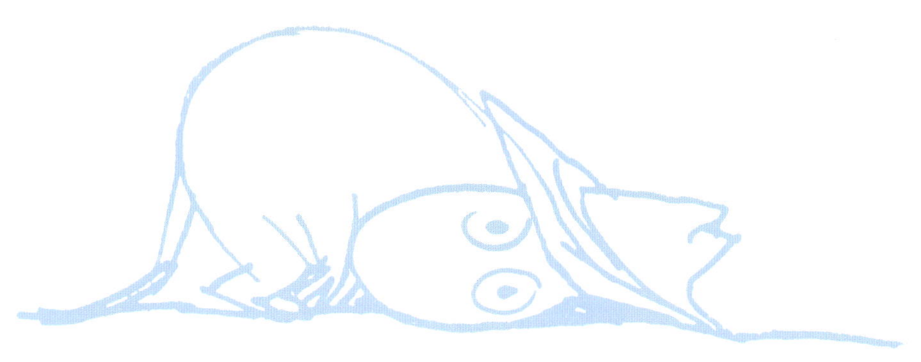

姆明们需要快速联络的时候喜欢吹口哨。吹口哨往往是消息传递的最佳方式！姆明和史力奇尤其喜欢用口哨互相联络，他们的口哨都有特殊的含义。碰上紧急情况，口哨也特别有用！

他把两个手指放进嘴里，
吹了一声口哨。
——《魔法师的帽子》

姆明的口哨及其含义

三短一长　　有事情发生！

三长　　发生了很不寻常的事情！*

三短三长三短　　SOS！救命！救命啊！**

一长两短　　今天你有什么安排？***

是我！我在这儿！****

* 姆明把蚁狮困在罐子里那次就是吹的这个。

** 希米伦被哈蒂法特纳人困住那次就用得很成功。

*** 姆明和史力奇之间的密码。

**** 不太像口哨，倒更像是尖锐的呼叫，这也是姆明和史力奇爱用的沟通方式。

没有那么熟的面孔

嘟囔爷爷

他太老了，动不动就忘事。秋天里一个灰蒙蒙的早上，他醒来时忘记了自己的名字。

——《十一月的姆明山谷》

嘟囔爷爷是位老人，一位相当古怪的老人。他独自一个人生活，记性差得要命。就算他能记得自己记性不好，他也不会在乎的。因为生活中的很多事，嘟囔爷爷忘了反而会更高兴。说起来，他的名字其实不叫嘟囔爷爷，但本来的名字已经被他忘掉了。他也试过不少名字，包括“碎碎念”什么的，最后才定下来现在这个：他觉得得先有个名字才好出门。

嘟囔爷爷有时候喜欢发牢骚，但在内心深处，他想要交朋友，想要高高兴兴。他最喜欢参加聚会。要是他认为哪场聚会把他落下了，就会特别生气。

他经常怀疑别人是不是背着他搞聚会。他有点儿近视，还不止一次把衣橱镜子里自己的影子误认作姆明祖先，甚至还想和祖先交朋友。

有一天，嘟囔爷爷决定离开家，去寻找一座童年记忆中的山谷：那儿有条河，河里全是鱼，真是个好地方。于是他戴着帽子，穿着……睡袍出发了。那座山谷不用说就是姆明谷。在那里，嘟囔爷爷不仅举办了自己的头一场聚会，还抓到了平生的第一条鱼，就是从他记忆中心心念念的那条小河里抓到的。

“鱼！鱼！”他大声嚷嚷起来。“我抓住了一条鱼！”他两手抓着一条鲈鱼，简直乐疯了。

——《十一月的姆明山谷》

嘀嘀呜和莎乐美

"我叫莎乐美。"被镜子吓坏了的小爬虫小声说。

——《姆明山谷的冬天》

姆明谷里生活着很多被称为小爬虫的小动物。它们个头儿小小，胆子也小小，总喜欢自己静悄悄地待着。总是紧张兮兮又不爱作声的小爬虫很容易被突然的声响，或是以前没见过的奇怪东西吓到，悲伤或沮丧的时候，它们还经常放声大哭。有一次史力奇在树林里遇到一只小爬虫，给他起了个名字叫嘀嘀呜。在姆明谷的很多画面中都能看到小爬虫，实际上，姆明谷里到处都是大大小小、各种各样的生物。

莎乐美也是个小爬虫，她是冬天来到姆明家的，还住了一段时间。她特别腼腆，大多数时候说话声都小得像说悄悄话，奇怪的是，安静的她一眼就喜欢上了当时姆明谷里最聒噪的动物——滑雪的希米伦。她很仰慕希米伦，希米伦走到哪儿，她就跟到哪儿，甚至有一次为了找希米伦，在暴风雪里失踪了。幸好最后那个希米伦把她从厚厚的雪里挖了出来，还一直照顾她，这让她心花怒放。

奇怪得很，他们中最害羞的那个小爬虫莎乐美是真心喜欢希米伦，她喜欢听希米伦吹喇叭。可是天哪！希米伦个头儿那么大，又总是那么匆匆忙忙的，他从来就没有注意到她。

——《姆明山谷的冬天》

琼斯老爹

有生以来，我第一次见到了真正的国王！他老得可怕，满脸皱纹，却快活得要命，他和着音乐打着节拍，震得他的宝座都摇晃起来。

——《姆明爸爸的回忆录》

琼斯老爹皱纹特别多，总是很快活，而且应该是位国王。不过，每次人们称呼他“陛下”的时候，他总是回答“叫朕琼斯就行”，用的是庄重的“朕”（御用的“朕”哦）（不知道为什么，国王和王后都不喜欢说“我”）。那次，“琼斯”在他那座美丽的花园里举办宴会，庆祝自己的百岁大寿，他坐在宝座上，不时响亮地吹响雾号。这次宴会很多人都去参加了，包括姆明爸爸、霍金斯、大快活和美宝的女儿。

琼斯老爹专门为客人们布置了花园小径。一路参观下来，客人们先是被一只巨大的假蜘蛛吓了一跳，接着被喷了一身水，然后又被一条红了眼的怒牛惊了个半死。每个捉弄人的把戏后面都树着一块大牌子，上书：吓坏了吧？居然还有个蜜糖陷阱（谁知道那是什么东西！），琼斯老爹是真爱搞恶作剧。

庆祝会上还有旋转木马、秋千和好多灯笼。最令人惊喜的是琼斯老爹安排的皇家彩蛋：把鸡蛋彩绘上数字，小心地藏在周围的树丛里、树上面、石缝中，找着蛋的客人就有资格得到奖品。大部分蛋是小咬咬们找到的，不过它们没用来领奖，反倒都吃掉了。奖品什么都有：有的能吃，有的能用，有的非常特别。不过每份奖品都像是为领奖者量身打造的。

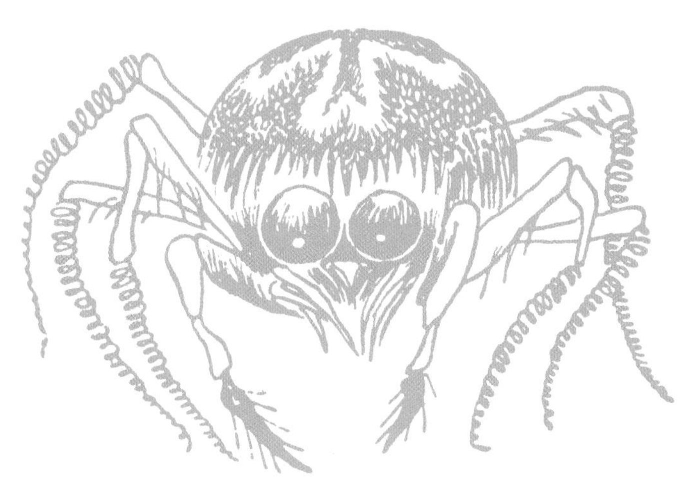

部分皇家彩蛋奖品

- 巧克力球
- 镶石榴石的香槟酒具
- 鲨鱼牙
- 经过保鲜处理的烟圈
- 嵌珍珠母贝的手摇风琴摇柄
- 棉花糖玫瑰
- 钢丝锯
- 海泡石的玩具火车

（我敢肯定就是姆明爸爸拿来装烟斗的那个）

“我亲爱的子民们！亲爱的糊涂虫、拎不清和没头脑的臣民们！每一位都赢取了最适合自己的东西，这是你们应得的。”

——《姆明爸爸的回忆录》

洗碗槽下的住客

“我可以赞美一下你那对格外浓密的眉毛吗？”姆明彬彬有礼地问。

——《姆明山谷的冬天》

在姆明家厨房的洗碗槽下住着一只神秘的生物，迪琪告诉姆明，他的名字叫“洗碗槽下的住客”。这名字名副其实。这位住客个头儿挺小，毛茸茸的，讲一种不为人知的奇怪语言，眼睛挨得很近，眉毛特别浓密，像两把刷子——真的像刷子，不是开玩笑。姆明有一次试着和他说话，甚至用饼干渣引诱他，结果洗碗槽下的住客只回了一句“拉达姆沙”和“沙达夫木”，就怒不可遏地消失了（很可能是回洗碗槽下面了）。

他有一门自己的语言。现在，他肯定是觉得你伤害了他。

——《姆明山谷的冬天》

加夫西太太

加夫西太太把蛋糕、糖罐，还有所有她能想到的东西都夸了一遍，但就那个花瓶，她一言不发。当然啦！加夫西太太是个很有修养的人，谁都看得出来，那棵野蛮生长的灌木跟茶具实在不搭。

——《姆明山谷的伙伴们》

加夫西太太待人礼貌（或者说尽力表现得礼貌）。她总是戴着手套，规矩礼仪无可挑剔，她对别人是否有良好的品味和礼仪有自己的看法，但从不轻易置评。人们经常看到她在姆明谷里奔波忙碌（她住在群山间海湾那儿的一座房子里）。加夫西太太跟总是杞人忧天的费尼钟是朋友，偶尔会去费尼钟家喝茶。说实话，加夫西太太并不真正理解费尼钟，对费尼钟五花八门的忧虑，她也不知道该说什么好。加夫西太太喜欢给人建议，不过有时候可能不够得体。也许对她最恰当的描述是：她总是用心良苦，又自以为是。

西德里克

西德里克不是活物，它是个物件：一只小玩具狗摆件，脖子上戴着一只项圈，项圈上原来镶着一块月亮石。它的主人是吸吸，虽然西德里克已经又旧又破了，可吸吸特别喜欢它（这也许是西德里克为什么一开始就这么破的部分原因）。令人惊讶的是，有一次，姆明居然成功说服了吸吸，让他把西德里克送给了加夫西太太的女儿，他说这会让吸吸感觉很好。

> 他跟我说，如果一个人把自己真心喜欢的东西送给别人，就会有十倍的回报，而且之后感觉超好。
>
> ——《姆明山谷的伙伴们》

可吸吸没觉得好。恰好相反，他睡不着觉，吃不下饭，也不想说话。他沮丧极了，觉得特别孤独，真希望从来没把自己的玩具狗送给别人。吸吸太想念西德里克了。结果有一天，他发现西德里克被人遗忘在雨里，便把西德里克再一次带回了家。这时的西德里克项圈上的月亮石也丢了，眼睛也没了，可吸吸还是一如既往地爱它——只因为爱它而爱它。

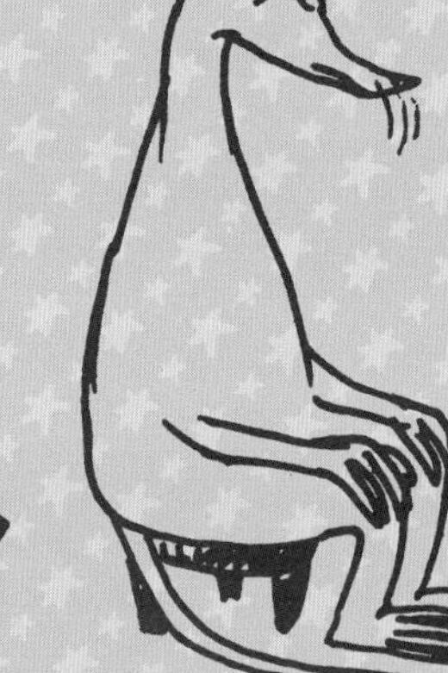

姆明谷的魔法

每个人都应当拥有一种魔法。

——《魔法师的帽子》

姆明谷是个神奇之地。之所以这么说，是因为一来它是个全世界独一无二的地方；二来这里也确实有魔法，随时、经常，都可能发生神奇又奇妙的事。东西会变形、会隐形，甚至还能在天上飞！

但是姆明妈妈压根儿没注意到。保险起见，她对着流感药嘟嘟囔囔地念了一小段口诀，那是她奶奶教给她的。

——《姆明山谷的冬天》

魔法的力量处处可见，从姆明妈妈日常的口诀，到能幻化梦境的咒语，还有魔法师那顶有魔力的帽子，连同随帽子而来的种种奇遇和麻烦。

魔法师的帽子

他们就这样发现了魔法师的帽子，并把帽子带回了家，根本没想到这一个举动会令姆明谷中了魔咒。用不了多久，种种怪事就接连发生……

——《魔法师的帽子》

魔法师的帽子是吸吸在一座山顶上发现的，后来在姆明谷里惹出了不小的乱子，因为这根本不是一顶普通的帽子，这是一顶有魔力的帽子，原本是属于法力高超的魔法师的。不管什么东西，只要在帽子里待够时间，就会变成完全不同的东西。但这帽子的魔力可能会造成惊人的后果：姆明试了试帽子，结果变成了一个模样古怪的小动物（就算按姆明谷的标准看也称得上古怪），耳朵像水壶把，眼睛像汤盘，谁也认不出他来，除了姆明妈妈，她能从眼睛认出自己的儿子。没多久，这顶魔法帽又把麝鼠的假牙变成了他永远也说不出口的可怕东西，直到今天他都不肯提……

不过，魔法帽也能制造奇迹，比如几片碎蛋壳变成了柔软蓬松的云朵，飘到了姆明家的阳台上，姆明和他的几个朋友驾着云玩了个尽兴，开心得整个人都跟云一样蓬蓬松松的；那头凶巴巴的蚁狮——绝对够凶，却被变成了可爱的小刺猬；还有寡淡的河水被变成了最最美味的树莓汁，我现在都还想尝一尝。

“咱们一块儿驾着云去逛逛好吗？”姆明问歌妮。“可以呀。”她答道，把云升起来飞到他旁边，“我们去哪儿？”

——《魔法师的帽子》

Tove

魔法师

在世界的尽头，有一座云雾缭绕的山峰。山体黑漆漆的，陡峭而光滑。山顶上有一座黑洞洞的房子，既没有窗子，也没有门和屋顶，神秘的魔法师就住在这里。

“魔法师能把自己变成任何他想变的东西，”史力奇答道，“他本领高强，能上天入地，甚至能一直钻到海底，那里埋着宝藏。”

——《魔法师的帽子》

魔法师骑着光滑的黑豹在天上穿梭，飞得比光更快。每天夜里他都会出动，寻找亮晶晶的红宝石，用他那顶黑帽子装起来。魔法师对红宝石有执念。他的房子里有成堆这种珍贵的宝石，就连墙上都嵌着，看起来像野兽的眼睛。

魔法师的房子没有屋顶。在红宝石的映照下，屋子上空飘过的云朵红得像血一样，他的眼睛也是红的，在黑暗中闪闪发光！

——《魔法师的帽子》

魔法师是真的会魔法。他能把自己变成任何想变的东西，只不过平时他在人前总是以留着胡子的男性模样示人，眼睛赤红，一身黑礼服，戴着白手套和黑礼帽。

趁魔法师吃东西的工夫，他们往前凑近了一点儿。吃煎饼和果酱的人不可能危险到哪儿去——总是可以跟他谈谈的。

——《魔法师的帽子》

虽然魔法师收集的各种宝石让人叹为观止，但是他自己清楚，一天找不到那颗最最珍贵的红宝石之王，他就一天不会快乐。这颗红宝石是世界上最大的红宝石，差不多跟黑豹的头一样大。为了它，魔法师已经寻寻觅觅了几百年，用魔力把最远的星球都找遍了。他找遍了大千世界都一无所获，最后居然在姆明谷找到了它。

那是世界上最大的红宝石，是他找了几百年的红宝石之王。他跳起来，眼睛闪闪发光，他戴上手套，把肩膀上披着的斗篷紧一紧。

——《魔法师的帽子》

刚开始，姆明一家和朋友们都觉得他很可怕。谁会不怕呢？但是他们很快就意识到，魔法师并不想伤害他们，事实上，他最后还让所有人都很开心。他用高深的法力，帮姆明们实现了所有的愿望。

现在你们每个人都可以许一个愿——从姆明家开始！

——《魔法师的帽子》

大家的愿望

- **姆明妈妈**希望姆明不要太想念刚离开姆明谷的史力奇。

- **姆明**希望庆祝会上堆满食物和饮料的桌子能飞到史力奇身边。桌子真的飞走了（其他人很不开心，他们正准备大吃一顿）。

- **麝鼠**想要回他丢失的书，当时那书正好放在桌子上。书回来倒是回来了，只是不再是关于“万物无用”，而是变成了《万物有用论》。

- **姆明爸爸**想给自己的回忆录要一对书夹（这是姆明妈妈的主意）。

- **吸吸**想要一条自己的船，形状像贝壳，紫色的帆，绿宝石的桨架。他特别点明桨架要绿宝石的。

- **希米伦**想要一把新的园艺铲——他原来的那把坏掉了。

- **歌妮**想要木头女王那样的大眼睛——木头女王就是船头的彩绘雕像，可是姆明不喜欢那样的眼睛，歌妮马上就后悔了！

- **歌妮哥哥**很不情愿地请求把歌妮的眼睛变回去，错过了给自己许愿的机会（他原本想要一台探测器，或者打印机）。

- **某甲和某乙**希望能变出一块和红宝石之王一模一样的宝石。他们把这块宝石送给了魔法师，魔法师高兴极了，说这是红宝石之后。

一旦开始施仲夏夜魔法，就必须坚持到底，不然不知道会出什么事。

——《姆明山谷的夏天》

仲夏夜是一年当中最神奇的时刻之一，姆明谷也不例外。这个特别的夜晚可以用什么符咒呢？这方面似乎谁也不如歌妮懂得多。大多数年份里，等大篝火慢慢熄灭后，她会摘来九种不同的花，放在自己的枕头下面，好让所有的梦想都实现。不过，

想要魔咒灵验，念咒的人从摘花时起就不能说话，且要一直坚持到第二天早上。这对歌妮来说是个高难度挑战，因为她实在太爱讲话，但大多数时候她都做到了，而且，至少据她自己说，那些梦想——美好的梦想，也都实现了。

只要不是在一座明文规定“禁止采摘”的公园里摘花，这一切都完全没问题。有一年，歌妮和费尼钟决定试试另一条咒语，据说这能让她们在公园那口井的水面上看到她们未来丈夫的模样。两个人严格按照步骤指示，高高兴兴地采着“禁止采摘”的花（因为有人把所有写着“禁止”的牌子都拔掉了，拿去生了篝火），结果等她们最后往井里看时，水面上只有大块头希米伦警察那张怒气冲冲的脸——他就站在她们身后。

“一、二、三，现在开始你只要说一个字，就永远结不了婚！”

——《魔法师的帽子》

歌妮的仲夏夜咒语

按照歌妮的说法，想看见你未来伴侣的模样，要按照下面的步骤来：

1. **原地转七圈，要一直跺脚不能停。**

2. **倒着走到井口边。**

3. **转过身朝井下看。**

4. **水面上会显现出你未来伴侣的模样。**

切记：就算这条咒语灵验，也只在仲夏夜才灵（要是你想嫁或娶的那个人看起来跟你实在太像，说不定你看到的就只是自己的倒影）。

警告：不管警察希米伦在不在旁边，倒着走到井边听起来都不怎么安全。

姆明爸爸的水晶球

那是姆明爸爸的水晶球，属于他的魔法球。这颗亮晶晶的蓝色玻璃球是花园的中心，姆明谷的中心，也是整个世界的中心。

——《姆明爸爸海上探险记》

姆明爸爸有一件有魔力的东西，那就是他的水晶球。夏日的傍晚，他喜欢穿过花园去看他拥有的这件珍宝。水晶球是深蓝色玻璃制成的，亮晶晶的，被安放在珊瑚的底座上。山谷里也有别的水晶球，但要数这只最为精美。

起初，姆明爸爸盯着水晶球的时候只能看到自己的影子，但是慢慢的，水晶球的深处开始出现小小的人影：家里人平日忙进忙出的身影。姆明爸爸能看到自己深爱的家人在干什么，要去哪儿，知道自己的家人平平安安，这让他心里很踏实。他喜欢这种温暖踏实的感觉。

托夫特第一眼看到姆明爸爸的水晶球，就认出这球是有魔力的，所以他想等到别人都走了，一个人好好去看看它。

现在，托夫特可以看见花园尽头，安放在一根柱子上的蓝色玻璃球了。那是姆明爸爸的水晶球，整座姆明谷里最漂亮的水晶球，一颗有魔力的水晶球。

——《十一月的姆明山谷》

看不见的小妞

“你们都知道的，人要是老是受惊，就可能变成隐形人，是吧？”

——《姆明山谷的伙伴们》

有一天，迪琪把一个隐形的孩子带到了姆明家。这个谁也看不见的孩子叫小傻妞，迪琪解释说，照顾这孩子的太太心肠太狠，把这孩子给吓坏了。事实上，这孩子被吓得身体都开始慢慢消失，最后终于被彻底吓隐形了。好心的迪琪想让姆明一家帮忙试试，让这小妞重新显形。

小傻妞不仅变隐形了，她还不说话。她的脖子上系着一枚小银铃，她一动，银铃就会叮铃响。姆明妈妈给她做了一条漂亮的粉裙子，还配了一根发带，这样大家就能看见她在哪儿了（这也帮了我们这些读者的忙，这样我们就能看出来插图上她在哪儿了）。

姆明妈妈查了奶奶给她留下的旧笔记，里面记着治疗各种疑难杂症（包括“心情差”和“邪眼”）的方子，其中，就有怎么治身体“迷雾重重，难以看清”的办法。有了奶奶的药方，再加上姆明一家人暖心的陪伴，小傻妞终于有了自信，她的身体也一点点地重新显露出来。这也可能和那一次她笑得太厉害了有关系——她把姆明爸爸的尾巴给咬了！

你似乎让她彻底变了个人，她现在比小美都更捣蛋。不过当然，最重要的是现在大家都能看到她了。

——《姆明山谷的伙伴们》

隐形的鼩鼱

看不见的爪子把空盘子收走了。

——《姆明山谷的冬天》

姆明家的浴场更衣室舒适温暖，冬天时就成了迪琪的住处。很多人以为住在那儿的只有迪琪一个人，但实际上除了她，这里还住着八只非常非常小、完完全全隐形的鼩鼱。迪琪说过，鼩鼱这种小动物非常非常怕见生人，它们是因为怕羞才变得彻底隐形的。

炉子上的汤锅开始沸腾了。盖子被揭开，一只勺子搅了搅汤，另一只勺子往汤里加了一点儿盐，又把盐罐整整齐齐地放回窗台上。

——《姆明山谷的冬天》

迪琪喜欢有这些鼩鼱在身边，她已经习惯了它们的陪伴。另外鼩鼱们还很有用，屋里的很多家务，不用谁开口，鼩鼱们就已经主动做好了。其中有一只鼩鼱非常有音乐天赋，笛子吹得特别好，一般它都是在桌子底下吹。

姆明是在去看迪琪时才第一次“见”到这些鼩鼱。当然，看是看不见的，但鼩鼱们给他端来了热腾腾的鱼汤，可把他高兴坏了。

鼩鼱的本事

- 生火
- 做饭端饭
- 洗碗收拾
- 吹笛子
- 任何场合都能帮忙，甚至包括安排松鼠的葬礼（没错，你看到的就是：甚至包括安排松鼠的葬礼）

姆明谷的一年

Tove

姆明谷的一年

“现在我算是什么都经历过了。”姆明对自己说，“我经历了一整年，连冬天都经历了。我是第一个经历过一整年的姆明。”

——《姆明山谷的冬天》

姆明谷的一年四季分明。对姆明谷的居民来说，每个季节有每个季节的挑战、变化和特殊节日。随着季节的更替，姆明们应时而动，尽最大的努力做好准备——不论是深秋时准备冬眠，还是盛夏时准备仲夏夜的篝火。

一年中的动静张弛，对“无论发生什么，季节恒久轮转”的确信，给了姆明谷一种自然的韵律。春去夏来，炎热的日子被雾蒙蒙的秋天所取代；继而，凛冽的冬日在年末来临。过去如此，将来也是如此。

是结束，也是开始。

——《姆明山谷的冬天》

春　天

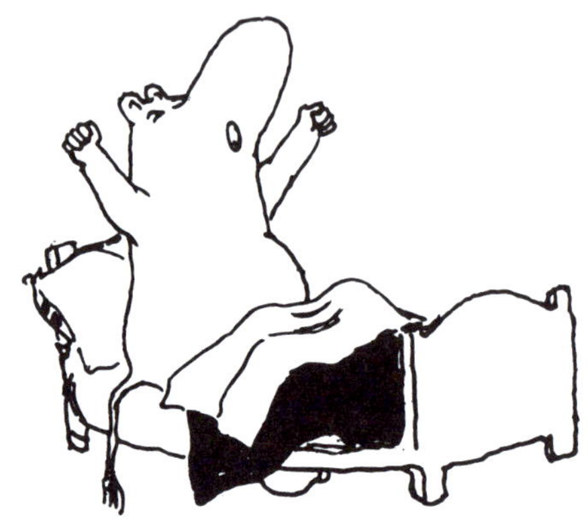

我们都要做好梦。等醒来时就是春天了。

——《魔法师的帽子》

春天是激动人心的时刻。冬天就要结束，最后的残余冰雪也已融化，万物复苏，生机勃勃。是时候了，姆明和其他冬眠的动物要从沉睡中苏醒了。

姆明不用日历也知道日子，他知道史力奇总会在四月里第一个温暖的春日归来。在春天还没有完全来临的时候，就连空气里都多了一丝期许的味道。

“春天的第一天，我会再次出现在这里，在你的窗子底下吹口哨——一年过得可真快呀！”

——《姆明山谷的冬天》

接下来是一个神秘的月份：阳光一天比一天更明媚，冰雪消融，和风吹拂，云影匆匆，但夜里却严寒刺骨，冰雪覆盖，月华如霜。

——《姆明山谷的冬天》

早春时节，冬天的影子还在：原本冻得结结实实的冰层如今碎开成了浮冰，冰雪开始消融，冬天的居民——那些只在寒冷的季节出现在姆明谷的奇怪的、未知的生物——可以看到他们步履蹒跚地离去（尽管我不确定他们到底去了哪里）。当然，关于即将来临的春天，还有其他的迹象可寻，迪琪和姆明都能用鼻子嗅出春天的味道。要知道，姆明有个很大很大的鼻子哦。

第一只布谷鸟的叫声响彻了姆明谷，紧接着，归来的候鸟们也鸣声四起。冬日里虚弱冷淡的太阳开始散发出温暖，白昼越来越长。春天终于来了。

一个春天的早上，第一只杜鹃在清晨四点来到了姆明谷。它落在姆明家的蓝色屋顶上，咕咕地叫了八声。说真的，这叫声相当粗哑，毕竟时节还有点儿早。

——《魔法师的帽子》

到处都是从长长的冬眠中醒来的、还有点儿迷迷糊糊的小动物。它们忙着四处寻找去年常去的老地方，忙着晒衣服、刷胡子、收拾屋子，好迎接春天的到来。

——《魔法师的帽子》

一旦所有的小动物都完全清醒了，就该开始忙活了。这是掸扫灰尘、做春季大扫除的时节，换季时收起来的东西要晾出去除除霉味，旧破烂儿也要扔出去，给新东西腾地方。有些姆明谷的居民忙着盖起了新房，不时能听到“春天快乐”的欢快问候声。

植物开始生长。棕色的球茎正努力地破土而出，线头一样细小的根须伸展开来，朝着融化的雪水生长。每一天都有新生命诞生，每一天都是一个新的开始。

“难道你感觉不到，春天要来了吗？”

——《姆明山谷的冬天》

这一天，春天决定不再诗意盎然，而只是欢天喜地。它在天空中撒下了一片片浮云，扫下了每个屋顶上的最后一粒雪，它任新冒出来的小溪到处奔流，它在四月里尽情嬉戏。

——《姆明山谷的冬天》

姆明很早就从冬眠中醒来了。这辈子，他头一次醒着度过了冬季漫长的几个月，这段经历让他学到了宝贵的一课。春天来临时，他和歌妮发现了一株刚从地里探出头来的番红花的嫩芽。歌妮建议用玻璃杯把花芽罩上，免得被霜冻死，姆明反对这样做，因为他从冬天的经历中学到：各个季节会以不同的方式考验我们，而生于忧患会让我们更强大。

“让它自己去奋战吧。我觉得身处逆境反倒能让它生长得更好。”

——《姆明山谷的冬天》

夏 天

“是给我的？”他想，“肯定是给我的。她总是为她最喜欢的人做夏天的第一艘树皮船。”

——《姆明山谷的夏天》

姆明谷的夏天白天很长，懒洋洋的，夜里不冷。有时候一整夜天都是亮的。夏天是放松的时节，是去海滩上玩、去森林里野餐的时节，姆明们特别喜欢用爪子触摸沙子，喜欢在凉爽的蓝色波浪里游泳。

每年夏天，姆明妈妈都会用树皮做一艘小船送给姆明，姆明也总是盼着这份“年度礼物”。他尤其喜欢小船，喜欢看着小船飘过池塘。

整个六月，最重大的活动就要数仲夏夜了：为了庆祝夏至——夏至是一年中白天最长的一天，姆明谷里会点燃巨大的仲夏夜篝火，所有人都聚拢来观赏。海岸边那么多的仲夏夜篝火里，姆明谷的篝火从来是最大的一堆。

那天晚上，他睡不着，只能躺在床上，望着窗外那明亮的六月夜晚。夜色里充满了孤单的低语声、叶子的簌簌声和沙沙的脚步声，空气中弥漫着花朵的甜香。

——《魔法师的帽子》

不过，夏天也有它严酷的一面。有时，太阳无情地炙烤着大地，河水变得狭窄且枯黄，鸟儿们也静了下来。小动物都藏在阴凉里躲避阳光。这种高温让姆明一家浑身乏力，疲惫又烦躁，是很难熬的。没错，就连姆明们也会因此牢骚满腹。

每年，姆明爸爸都担心八月的热浪会引发熊熊的森林大火（他总是担心这个，担心那个，还不肯承认）。他提醒家人要注意异常迹象，不过到目前为止，还没有一场大火威胁到姆明谷的安全。尽管天很热，但八月末是姆明一年里最喜欢的时节，他也说不清为什么。

姆明爸爸在花园里漫无目的地闲逛，尾巴忧伤地拖在身后。山谷的低处酷热难耐，四周一片寂静，尘土漫天。

——《姆明爸爸海上探险记》

姆明们特别好客，他们会找各种理由来组织聚会，就像姆明妈妈丢了的手提包被某甲和某乙“找到”那次。仔细想想，这也“实在”是一件值得庆祝的大事（就连森林里最小的老鼠也参与了搜寻！）。那是一场多么盛大的户外庆祝会呀！希米伦安排了最漂亮的焰火表演，姆明爸爸调制了他的特制潘趣酒。所有的人都来了，不仅仅是姆明谷的居民，就连住在森林和海边的各种生灵都来了。大家为大个子的生灵准备了成堆的水果和三明治，为小个子的生灵准备了玉米和浆果，甚至就连宣称“万物无用论”的麝鼠都来帮忙了，简直让人吃惊。吹口琴的史力奇不在场，姆明爸爸就把自己的无线收音机拿了出来，播放起舞曲。很快，大家都蹦呀、跺呀、扭呀地跳起舞来。

焰火神气地冲上八月的天空，于高处爆开，散成一片白色的星雨，再慢慢地落回山谷里。所有的小动物都鼻子朝天，仰望着那片星雨欢呼：啊，真是太美了！

——《魔法师的帽子》

姆明爸爸的潘趣酒配方

“天天乐快！”某甲对某乙说，然后他们为彼此的健康干了一杯。

——《魔法师的帽子》

姆明爸爸的潘趣酒当然很特别。他在阳台上把所有配料倒进木桶搅拌，然后把木桶一路滚到花园里。每个人都斟满自己的杯子，互相祝愿身体健康。

姆明爸爸的潘趣酒配方

- 杏仁
- 葡萄干
- 藕汁
- 生姜
- 糖
- 肉豆蔻花
- 柠檬
- 草莓利口酒

每种配料的具体用量就不清楚了，不过应该都不少。话又说回来，配方毕竟是保密的。

他不时会尝一口……味道好极了。

——《魔法师的帽子》

秋　天

现在是姆明谷的秋天了，要不然春天怎么回来呀？

——《魔法师的帽子》

随着秋天临近，白昼越来越短，天气越来越凉。森林里静谧且潮湿，地面已经被不时的骤雨泡透了。新冒头的秋季植物开始生长：迟生的蓝莓、蔓越莓、花楸、地衣和苔藓。雾气聚集，有时浓雾翻腾，让森林倍显神秘。

树木开始落叶，各种深深浅浅的棕色、红色和金色，在地上铺开色彩斑斓的一层。很快叶子就会掉光，只剩下光秃秃的树，看上去就像灰色的舞台布景，这个时候，古板的希米伦和挑剔的费尼钟就要动手清扫落叶了。

到处都是浓郁的、新鲜的颜色，到处都是红亮亮的花楸浆果。可蕨菜已经变黑了。

——《十一月的姆明山谷》

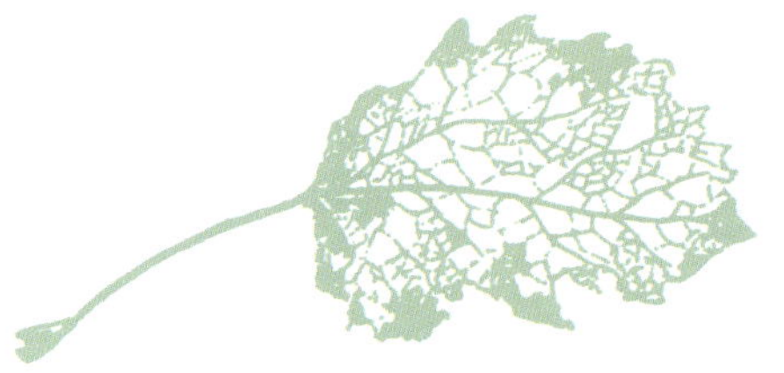

对大自然感应敏锐的史力奇能感知到秋天的来临。对史力奇来说，秋天意味着又该离开他位于姆明谷的露营地，去探索未知的外界了。他总是在秋天时离开姆明谷，背着露营装备，戴着那顶绿色的绒帽。史力奇不是每次都有时间跟大家告别，但姆明和其他朋友都知道，他会在春天回来。

一天清晨，史力奇在他的帐篷里醒来，感觉到秋天已经来了，是时候拔营出发了。

——《十一月的姆明山谷》

把所有的家当都尽量拢在身边，把所有的体温和想法都储藏在身体里，找个深深的洞、一个安全的地方，窝起来，这样多好呀。在那里，你可以保护好所有重要的、宝贵的、属于你自己的东西。

——《十一月的姆明山谷》

秋天是做储备的时节。有的动物会待在家里，有的会离开。很多动物都在收集过冬的物资，想着怎么找个舒服的地方冬眠，好在冬天来临时过得暖和又安全。

姆明一家会收拢诸如铲子、取火用的凸透镜和风速计等这一类早春时会用到的东西。进入冬眠以前，他们会提前把这些物件堆在床边，并用松针填满自己圆滚滚的小肚子。

然后，寒冷、风暴还有黑暗就可以为所欲为了。虽然它们在墙上东摸西摸地想找条缝钻进来，但是却一条缝也找不到，到处都关得严严实实的。你坐在屋子里，温暖、宁静，为先见之明而大笑开怀。

——《十一月的姆明山谷》

西北
东北
西
东
西南
东南
南
姆明谷的
冬天
Tove

冬　天

姆明站在门口的台阶上，望着覆盖在雪毯下的姆明谷。他想："今晚，我们就要开始漫长的冬眠了。"

——《魔法师的帽子》

冬天来临的时候，姆明谷里，姆明家的房子里一片寂静，只能听见深长的呼吸和偶尔的叹息声，就连屋子里的钟都停了，虽然姆明爸爸喜欢在上床睡觉前给它们上好发条。姆明一家都沉浸在沉沉的冬眠中，他们围着房子里最大的瓷火炉睡得正香。姆明谷里绝大多数的小动物也都睡了，在舒舒服服的窝里蜷缩着。外面，厚厚的积雪覆盖了一切，整座姆明谷在悄无声息地冻结，只有迪琪和少数几个小生物还醒着。

在姆明家进入冬眠之前，姆明妈妈会用最温暖的毯子铺好床，关好门窗。大家坐在一起，饱饱地吃上一顿松针，这样，整个漫长的冬天肚子都不会饿啦。

很快姆明屋就会彻底变成一个圆圆的大雪球，时钟一只接一只地停止走动。冬天来了。

——《魔法师的帽子》

周围静寂无声，没人出来活动。到处都有细小的星星在闪闪烁烁，在冰面上眨着眼睛。天冷得可怕。

——《姆明山谷的冬天》

冬天会带来雪，说得更详细些，冬天会带来风暴、狂风和暴风雪，还有大严寒——就是整个冬天里最冷的那一天。严寒仙女会在最冷的那一天来，要是哪个倒霉蛋正好遇上，被她一碰就会死（那些傻得连躲都不躲的松鼠，当心点儿吧）。

但冬天也不是一无是处：整个山谷会被白色、蓝色和绿色摇曳的光照亮，那是美丽的极光。对那些习惯在冬天醒着还四处活动的小动物来说，冬天照样可以玩得尽兴：迪琪喜欢堆雪马；小美偶然间发现，把银碟子拿来做雪橇好用得很，带手柄洞的茶壶保温罩当冬季的外套穿很暖和（这是个头儿特别小的好处之一）；大嗓门儿的希米伦则发现，

厚厚的雪正适合玩平底雪橇和滑雪，就连冻住的小池塘也成了完美的溜冰场，只要你有胆量去。还有，所有在冬天里活跃的小动物都喜欢痛痛快快地打雪仗——谁会不喜欢呀?

大大小小的影子围着山顶篝火，郑重其事地跳着舞，还用尾巴敲鼓。

——《姆明山谷的冬天》

每年冬天，迪琪都会在山顶燃起一堆很大的篝火，把周围照得红亮亮的。一群冬天活跃的生命举着燃烧的火把，朝着噼啪作响的篝火走去，那天晚上，大家会跳舞、敲鼓直到天明。这套仪式是迪琪冬天生活的一部分，她自有一套奇怪的规则。姆明对这些完全是陌生的，因为正常情况下，他应该正和家人一起冬眠呢。有时候，快燃尽的篝火会被哥谷坐灭——她本来是想坐在余烬上取暖的。

姆明谷笼罩在灰色的暮光中。山谷已经不复是绿色，而是白茫茫的一片了。所有曾经活动的事物现在都静止了。

——《姆明山谷的冬天》

有一年，姆明不小心在冬天醒了过来，他生平第一次惊奇地看到、摸到了雪。

他觉得冬天太痛苦、太孤单了，爸爸妈妈和绝大多数朋友都还在睡着，平日熟悉的景物不是被雪覆盖，就是在冬日的光线中变得陌生。周围出奇地安静。还有一点，身为姆明，他从来就不喜欢寒冷的天气。

下这么多雪对姆明来说绝不是件好事。这是妈妈说的。

——《魔法师的帽子》

直到过了好久，一片轻柔的雪花落在他温暖的鼻子上，姆明才发现，原来雪落下时轻得像鸟的绒毛，落在鼻子上其实挺舒服的（之前他还以为雪是在地上形成的呢）。

“这也是冬天啊！也挺讨人喜欢的嘛。”他想。

——《姆明山谷的冬天》

圣诞节

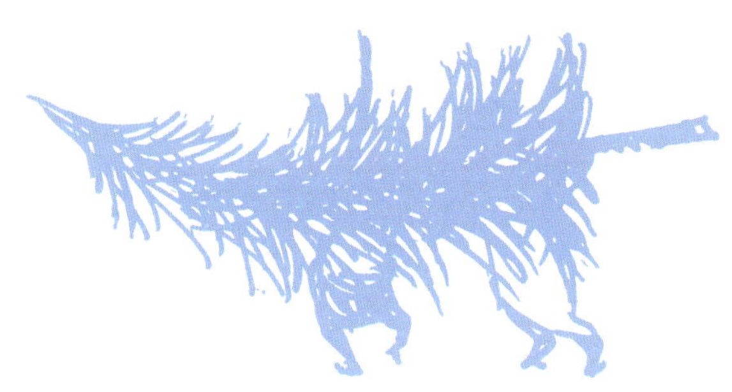

“妈妈，醒醒，”姆明焦急地说，“有什么东西要来了。他们叫它圣诞节。”

——《姆明山谷的伙伴们》

姆明们通常整个冬天都在睡觉，也就不会起来庆祝圣诞节。说实在的，他们从前根本都没有听说过圣诞节，因此，当焦虑的希米伦在一个下雪的十二月把他们叫醒，告诉他们要为圣诞节做准备时，姆明们都很惊讶……而且还特别困。

明摆着，圣诞节肯定是很大很重要的什么东西，因为似乎每个人都在着急忙慌地为圣诞节做准备！也就难怪姆明一家以为要大难临头了！他们认定，圣诞节肯定是一位很可怕的客人，逼着人给他准备大堆大堆的食物和礼物，这位客人似乎还要求你准备一棵枞树。姆明家在枞树上装饰了好多漂亮的东西，能找来的都装饰上了，有贝壳、棱镜，还有一枝红玫瑰。他们是真心想让这个叫“圣诞节”的家伙高兴。等到什么都准备好了，一想到圣诞节就要到了，姆明一家吓得全都躲到桌子底下去了。

“圣诞节快乐！”林娃娃害羞地小声说。

“你是第一个这样说的。”姆明爸爸回答道，“你就不怕圣诞节来了可能会出什么事吗？”

——《姆明山谷的伙伴们》

直到后来看到大家都在吃东西、喝饮料、拆礼物，开心得很，他们才明白原来是自己误会了。姆明一家再也不怕圣诞节了。他们享受着这个节日，还有装饰精美的圣诞树。

“困死了，”姆明妈妈说，“我实在太累了，没法儿细想到底是怎么回事了。不过看起来一切都很好。”

——《姆明山谷的伙伴们》

姆明的智慧一刻

“我一个可怜又无辜的植物学家，怎么就不能让我平平静静地过日子呢？”

“生活从来就不平静。”史力奇一脸满足地说。

——《魔法师的帽子》

对那些有准备的人来说，这世界充满了神奇美好的事物。

——《姆明爸爸海上探险记》

突然间，他为自己能够独处而高兴。

——《姆明山谷的冬天》

有些事你可以百分之百确定，比如：洋流循环、四季流转、太阳总会升起。

——《姆明爸爸海上探险记》

大灾难

“大灾难是什么呀？”吸吸问。“大灾难就是要多糟就有多糟的事情。”姆明回答，“比如地震、海啸和火山爆发，还有龙卷风和瘟疫。”

——《姆明山谷的彗星》

姆明谷这些年来经历过不少的自然灾害和恶劣天气：从大洪水爆发到火山喷发，甚至是朝着姆明谷呼啸而来的彗星，都叫姆明一家遇上了。幸运的是，到目前为止他们在各种自然灾害中都安然无恙，还拥有了很多的冒险经历。

可怕的龙卷风

它高得望不到头，无声地飞速旋转着，渐渐逼近。

——《姆明山谷的伙伴们》

一场龙卷风从埃及的沙漠一路刮来，直奔姆明谷。风大极了，把大树连根拔起，像扔火柴一样甩得到处都是；风越刮越猛，把屋顶都给掀掉了。

龙卷风最后终于刮到了姆明谷，姆明和朋友们被风卷上了天。一股小龙卷风卷走了希米伦的宝贝集邮册，在天上越飞越高，希米伦在后面追着，结果风鼓起他的长裙，把他也吹上了天，就像只大风筝。

龙卷风的前锋嚎叫着穿过光秃秃的树干。狂风把小姆明的勋章扯了下来，让它正好落在一株枞树的树尖上，把吸吸吹翻了四次，还差点儿把史力奇的帽子从他手里抢走。

——《姆明山谷的彗星》

还有一次，龙卷风把费尼钟家的屋顶掀了（就是那位和加夫西太太关系很好，老是担心会出事的费尼钟）。她惊愕地看着自家的家具和珍藏的宝贝被狂风卷走，无影无踪。奇怪的是，什么都没了，这反而让费尼钟觉得心里一松，甚至还挺高兴：这回她不仅挺过了这场大难，而且再没有什么可以失去的了！

费尼钟深深吸了一口气。“从现在开始，我再也不用提心吊胆了。”她自言自语地说，“我自由了。现在我想做什么都行了！”

——《姆明山谷的伙伴们》

彗星大碰撞

“那是彗星。”麝鼠说，“一颗发光的星星，拖着一条燃烧的尾巴，在天外空荡荡的黑色空间里闪耀。”

——《姆明山谷的彗星》

第一个察觉到情况不对的，是哲学家麝鼠。刚开始，天空和往常一样是灰色的，然后开始变红。一滴雨也没有，空气中有一种不祥的气息。姆明、吸吸和史力奇去了孤山天文台，他们最担心的事被证实了。天文台的教授说，一颗彗星即将与地球相撞。在穿越山脉的旅途中，姆明和两个朋友与斯诺尔克兄妹第一次相遇了。向来严谨的歌妮哥哥预言，彗星会在10月7日晚上8点42分撞上地球。

离预期的相撞时刻越来越近，天气越发炎热，风更是一丝都没了。姆明谷仿佛成了一座大火炉。大家都在拼命寻找藏身之处。心惊胆颤的姆明一家和朋友们在最后一分钟躲进了一处山洞。外面，一股气浪涌来，好像一百万只火箭同时发射，大地都在颤抖。洞里，姆明们以为外面的整个世界全完了……

西北
东北
西
东
西南
东南
南
云杉小屋
监狱
井
希米伦的房子
草地
史力奇的营地
船只出租
针线盒里的
小美
水上剧院
云杉湾
地图
他们小睡的
花楸树
他们
藏身的
海湾
Tove

火山喷发与大洪水

有一天，天上落下了一片片的黑烟灰，姆明妈妈解释说，这是因为附近有一座山开始朝姆明谷吐火吐烟。自从姆明妈妈和姆明爸爸结婚以来（那是很久以前的事了），这座火山还是第一次喷发。和往常一样，只要一想到处处着火，小美就兴奋得不得了，而姆明妈妈更关心的是煤灰该怎么清洗。

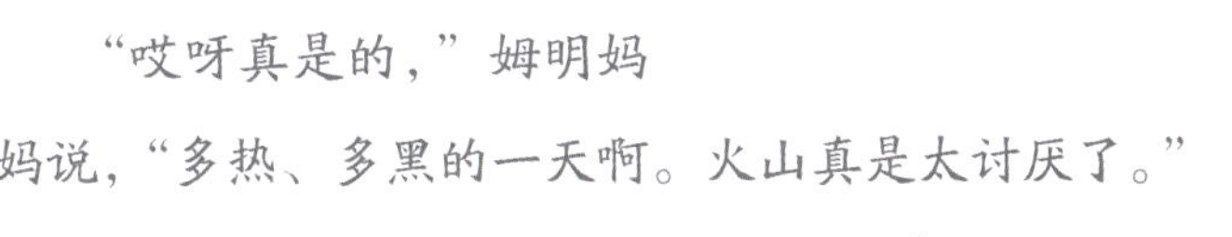

"哎呀真是的，"姆明妈妈说，"多热、多黑的一天啊。火山真是太讨厌了。"

——《姆明山谷的夏天》

火山灰还在不停地落，天热得让人受不了。那天晚上，姆明和歌妮看见姆明家的花园里裂开一条大缝，把小姆明的蓝色牙刷吞了下去，好在吞的不是他的尾巴。紧接着，巨大的隆隆声从海的另一边传来，姆明一家赶紧跑进了起居室。火山打完喷嚏喷完烟灰，全面爆发了。大地一阵阵颤抖，更严重的问题来了。

借着月光，他们看见有什么很大的东西高高耸立于森林树梢之上，就像一堵巨墙，越来越高，顶上翻涌着白色的泡沫。

——《姆明山谷的夏天》

那是海啸的巨浪，姆明谷整个被淹了。姆明家的房子盖得特别结实，所以立得倒很安稳，但是屋子里很快就积满了水，水不断上涨，越积越高，姆明一家只好躲到一座奇怪的建筑中避难，结果这儿居然是一家废弃的水上剧院。最后，洪水开始慢慢退去，先是树顶重新显露出来，很快，姆明一家和朋友们就可以回家了。

最后一点儿路他们是跑过去的：跑上山坡，穿过丁香花丛，一直跑到大门口的台阶。直到这时，姆明一家才停下来，长长地舒了一口气。这才是回家的感觉，一切都好。

——《姆明山谷的夏天》

Tove

史力奇对上一次火山喷发的经历记忆犹新：眼前的地面出现了一条大裂缝，喷出红色的火焰、一团团的灰烬，甚至还有一脸迷惑的小火精灵；地面烫得要命，他只好踩着高跷走，就像彗星来的那次，他和朋友们踩着高跷走过干涸的海床一样。这种经历史力奇这辈子都不想再有了（不是说踩高跷的部分，是说地面烧得通红那部分）。

大风暴

雷暴和狂风在姆明谷不是什么新鲜事。姆明一家去孤岛那次（别和孤山之行弄混了）就遭遇了一场大风暴：雷声隆隆，像一列巨大的火车经过，伴随着巨型闪电。巨大的海浪拍打着岛屿，把吸吸和歌妮吓坏了，不过这也怪不得他们。

一声惊雷在他们头顶“喀嚓”一声炸响，一道道白色的闪电把他们这个小小的避难所一遍遍地点亮。

——《魔法师的帽子》

史力奇一点儿都不怕风暴，他最喜欢看白色和紫色的闪电。风暴令他格外兴奋。

闪电倾泻而下。一片片颤动的分叉，一道道平行的光柱，眩目的闪光照亮了整个山谷！史力奇在喜悦和赞叹中兴奋得直蹦。

——《十一月的姆明山谷》

说到风暴，再没有比神秘的哈蒂法特纳人更喜欢暴风雨的了。它们四处寻觅风暴，并成百上千地聚集在一起迎接它，这是因为闪电能产生它们最渴求的电。电闪雷鸣的天气能给哈蒂法特纳人充电，这也是为什么哈蒂法特纳人在风暴刚结束的时候，能狠狠地电到你——好吧，还有我（它们刚长出来的时候，也“电量充足”）。

有了电，它们才能生存下去，才会活力十足、情感充沛。

——《姆明山谷的伙伴们》

当年姆明爸爸和朋友们在“海洋乐队”号上遭遇过一次大飓风。飓风到来之前，海水变成了黑灰色，所有的海怪和人鱼突然消失无踪。这些都绝对是大难临头的征兆！狂风狠狠地顶着船向前，巨浪山涌谷跌，船被推来搡去，颠得几乎离了水面。等到飓风终于过去，船上已经是一片狼藉：桅杆折了，桨也丢了，船身大部分地方都被砸烂了；至于船员嘛，可怜的老糊涂脸都绿了，他晕船晕得厉害。

太阳不见了，海平线消失了。我们身处一片黑暗和可怕的混乱之中，到处是横飞的白色泡沫，像嘶嘶怪叫的幽灵一样从我们身边飞过。

——《姆明爸爸的回忆录》

神秘生物

Tove

有很多很多生物，夏天、秋天和春天根本没有它们的容身之处，凡是有点儿害羞、有点儿古怪的生物都是这样。有些生物，还有的夜行动物，既不合群，也没人真相信它们的存在，于是它们一年到头都不露面，直到万籁俱寂、大地一片白茫茫，长夜漫漫，大多数人都睡着了的时候——它们才出现。

——《姆明山谷的冬天》

还有的神秘生物只偶尔才会在姆明谷出现。有不少只会在一年里特定的时间出来，还有的只住在特定的地方，宁愿远离大家的视线。其中很多生物都有魔力，还有的很吓人……

森林里的神秘生物

森林生物住在森林深处，隐身在更为大家熟知的那些林地生物之中。这些生物往往藏得很严实，不过偶尔能在林间瞥见它们一闪而过的身影。

有时候，树后会冒出亮亮的小眼睛盯着他们。不时会有什么东西或者从地上，或者从树枝上召唤他们。

——《魔法师的帽子》

树　精

这些美丽的小生物住在树干里。每到夜晚，它们就会飞到树顶，在枝条上荡秋千。

水　妖

这些奇特的小妖精只在水里，或者靠水的地方才有。它们生活在姆明谷潮湿的沼泽和林中池塘里。

冬季生物

这些生物几乎没跟姆明谷里那些冬眠的居民们打过照面，因为它们只在冰天雪地时才出现，来点燃冬天的篝火。春天来临时它们就离开了。那时，姆明一家和其他睡着的生物都还没有醒。

但是这些家伙自己从来没露过面。姆明有种感觉，它们到处都是，就在这山上，可他从来没有瞧见过它们中间的任何一个。

——《姆明山谷的冬天》

火精灵

顾名思义，火精灵会从任何炽热燃烧的东西里——比如火山里——大团大团地蜂拥而出，它们四处飞舞，就像跟它们浑然一体的那些明亮的火星一样。有一次，史力奇救了一个小火精灵的命，为了报恩，小火精灵送给他一瓶（非常有用的）地下防晒油，能保护他不会被火灼伤。

海中的神秘生物

海　马

生活在姆明谷海滨的海马，跟我们平常所知的海马不同，那里的海马看起来就像……普通的四条腿的马，只不过住在海里。它们的身上长着花纹，脖子上还有花朵。姆明曾经见到过海马，当时他们全家正住在一座岛上。那些海马漂亮得让姆明都惊呆了。

> 它们昂着头在海滩上跳跃，鬣鬃飞扬，马尾在身后飘散成了一条长长的闪光的波浪。它们美得难以形容，而且，好像它们对自己有多漂亮一清二楚。
>
> ——《姆明爸爸海上探险记》

人　鱼

人鱼长得像人，有男有女，都长着鱼一样的尾巴。尽管从来没人亲眼见过，但大多数人对它们应该都已经很熟悉了。姆明一家在海上航行时，经常看见它们绕着船头跳舞。

危险的海洋生物

不走运的是，姆明一家遇到过不少可怕的海洋生物，不仅仅包括我们提到过的马梅卢克鱼，他们还碰到过海蛇、一群咬人的鳄鱼，还有一只非常好斗的超级大章鱼。

比上面这些生物更吓人的水下生物之一是海狗。绝大多数海洋生物都很怕这种怪异的水狗，它的嘴是灰色的，长着长长的下垂的硬胡子，还有世界上最邪恶的黄眼珠。它一路追着潜艇“两栖号”不放，当时姆明爸爸和全体船员都在潜艇上。幸亏布勃尔爱德华无意间救了他们，它不小心一脚踩到那只海狗，把它踩死了。真是好险啊。

> 在静悄悄的黑暗中，能听见那只海狗紧追在我们身后的呼呼喘息声。
>
> ——《姆明爸爸的回忆录》

姆明式用语

姆明式威胁

绝大部分的威胁或警告，借的名头都是姆明谷里那个神秘又吓人的哥谷。

✸ 哎呀，你们这些小哥谷！——史力奇（数落那些不听话的林娃娃）

✸ “你最好听话点儿……要不然哥谷就会把你抓走。”——美宝的女儿（跟她妹妹小美说）

✸ “这也太哥谷了！”还有“你这个哥谷一样的臭抹布！”——布勃尔爱德华（又生气了，跟平时一样）

姆明式形容词

✱ 稀罕见：不寻常的意思。“这帽子稀罕见。”——姆明（在见到魔法师的帽子时说）；“稀罕见的东西”（用于形容被冲上海滩的水晶雪花球）。

✱ 超级希米伦：超出人们对普通希米伦的期望值。“他使出超级希米伦的力气，把那条马梅卢克鱼拖进火里。”

✱ 不希米伦：形容对一个典型希米伦来说非典型的事。“真是太不希米伦了！”——史力奇（被希米伦的行为吓了一跳）；希米伦为了躲避哈蒂法特纳人，一口气爬上杆子时，也表现出来了“不希米伦的力气”。

✱ 超级姆明：特别特别有姆明气概。年轻时的姆明爸爸，为了从恶浪翻滚的海上救回他未来的妻子姆明妈妈，突然爆发出一股无与伦比的力量，那就是“超级姆明”的力量。

保护咒

姆明谷的小生物们有时会通过咒语寻求保佑。

✱ 被吓坏了的吸吸就念过咒，祈求“所有小生命的守护神”保佑他。

✱ 在彗星快撞上地球时，一只家矮子精来跟姆明们告别，他说了句让人心安的话：“愿所有家矮子精和姆明矮子精的守护神保佑你们！”

有一点不太清楚，就是不知道他们笃信的“所有小生命的守护神”，和“所有家矮子精和姆明矮子精的守护神”到底是同一位神，还是两位不同的神。

姆明的不知所云

有些词，在姆明谷似乎没人能听懂。

✱“拉达姆沙”和“沙达夫木”——洗碗槽下的住客（这是对小姆明说的）

✱“耳鼻喉科医生”——大快活

✱“kalospinterochcromatokrene”——姆明爸爸

✱“Snufsigalonica”——希米伦。他猜那只昆虫可能属于Snufsigalonica科，不过说不定是他自己编出来的。

姆明爸爸的人生至理名言

（详见《姆明爸爸的回忆录》）

姆明爸爸乐于讲述自己丰富又精彩的人生。从早年的冒险经历中，年轻的姆明爸爸总结出如下几条至理名言：

1. 尽量让你的姆明宝宝在黄道吉日出生，给他们一个浪漫的登场。

2. 但凡手头有事可做的时候，没人喜欢听希米伦的事。

3. 你永远也不知道渔网里会拉上来哪种无液晴雨表。

4. 千万别因为还剩了点儿颜料，就把咖啡罐刷上颜色。

5. 个头儿大的动物都不危险。

6. 个头儿小的动物都不会害怕。

7. 尽量不要在黑灯瞎火的情况下救人。

那么姆明爸爸又是怎么领悟这七条至理的呢？

1. 管姆明孤儿院的那个希米伦姑妈说，姆明爸爸的星象图显示他是个才华横溢的人（他自己更多地觉得是说他比较有天分吧）。

2. 姆明爸爸真是受够了希米伦，管理姆明孤儿院的就是希米伦，还有他朋友遇上的那些当公园管理员的、当警察的希米伦。

3. 晴雨表的事？是这样：霍金斯在姆明谷的小河里捞上来一个罗盘柜，罗盘柜里有一只晴雨表，崭新崭新的。什么叫罗盘柜？不是茶盘柜，这是肯定的，它是用来装罗经的匣子，又或者说是装晴雨表的匣子。

4. 刷咖啡罐的红漆根本干不了。那只咖啡罐非常大，原本老糊涂在罐里住着，现在罐子又湿又黏，老糊涂只好搬家了。

5. 说“个头儿大的动物都不危险”，其实姆明爸爸想表达的应该是“不是所有的大个头儿动物都危险”（语言就是这么奇妙）。姆明爸爸自己结交的朋友各种体型的都有。

6. 说“小个头儿的动物都不害怕”，其实他想表达的是“不是所有的小个头儿动物都会害怕”——因为，当然啦，肯定有些小动物是会害怕的。而且我怀疑，他心里当时想到的小动物是小咬咬。就是它们，把管理姆明孤儿院的那个希米伦背在毛茸茸（就像一张毯子）的后背上劫走了！

7. 为什么说别在黑灯瞎火的情况下救人？因为有一次，姆明爸爸不小心救了——是的，实打实地救了——原来管姆明孤儿院的那个希米伦。你说不小心救谁不行啊！对此他表示这是他“磨难重重的青年时代最深的梦魇”。

姆明的智慧一刻

“这是个多么奇怪的世界啊。”姆明妈妈说。

——《姆明山谷的夏天》

“但是人有时候需要改变。我们把一切都看得太理所当然了，包括彼此。”

——《姆明爸爸海上探险记》

“要经历过漫长的旅行，才能真正懂得家有多好。”

——《姆明山谷的彗星》

“你哭什么呀？”旁边的小霍姆珀问。“我也不知道，就是觉得心里不好受。”米萨贝儿回答说。

——《姆明山谷的夏天》

4

Tove

托芙·扬松的世界

何为艺术的功用？

弗兰克·科特里尔-博伊斯/文

此刻，你正在步入姆明谷。当心，这里比表面看起来要危险得多。今天的姆明很懂得如何充分利用长长的夏日，但他们最初却生活在历史与想象中最黑暗的角落。当然了，拜漫长又不见天日的冬天所赐，姆明们对黑暗也习惯了。

托芙是从舅舅埃纳那里第一次听到“姆明矮子精”的，他用小矮子精的故事吓唬她，跟她说小矮子精就住在厨房炉子的后面，他们会在晚上跳出来，往她身上吹气，还会用他们那不友好的长鼻子顶她，吓得她汗毛直竖。在童年的日记中，她写到：自己听见了这些小矮子精在她床底下蹿来蹿去的声音。在《姆明山谷的冬天》中，在那个住在炉子后面、毛茸茸的小个子祖先身上，显然就有这段惊恐经历的影子。**所以看来，艺术的功用之一就是把小孩子吓个半死。**

如果说人们最初听到姆明的动静是在炉子后面，那么他们

第一次现身在人们眼前，则是脱胎于一个更大、更危险的阴影。

1943年10月，肖似姆明形象的插画，第一次在名为《嘎姆》（*Garm*）的杂志上公开发表。1944年10月，托芙的一幅漫画刊登在该杂志的封面上，对希特勒洗掠芬兰进行了猛烈抨击，底部签名的地方，一只姆明蜷缩着，环抱着托芙的署名。20世纪40年代的芬兰刚刚独立不久，又处于苏联和纳粹德国两个超级势力扩张的夹缝中，如此公开表达自己的看法是非常危险的行为，然而，在托芙的想象世界中，姆明与正义的反抗总是联系在一起的。这个出现在《嘎姆》封面上的人物，就是斯诺尔克。它的雏形不过是托芙和弟弟珀奥洛夫因为哲学问题争执起来后随手画在厕所墙上的涂鸦，她在涂鸦下面写道：自由是最好的东西。**艺术的另一个功用，正是抗议以及表达异议。**

托芙的童年时代，正处于人们对上一场战争还记忆犹新，又已经在担心下一场战争随时会爆发的过渡期。她的父亲维克多曾参加过芬兰独立战争。对往事的记忆不只存在于轶事和照片中，还表现在人的情绪与行为中，比如维克多和他那些朋友会翻出老刺刀，在家具上狠戳，重温战场上的刺激，但也不时会陷入情绪低落的沉默之中。与绝大多数儿童文学中充满欢声笑语的世界相比，姆明谷有一点明显的不同，就是许多姆明谷的居民都需要时间来思考和保持沉默：麝鼠独自在洞穴里沉思；史力奇会远赴南方，而且对自己的冒险经历绝口不提；就连那些更健谈的人物也是如此——热衷收集和分类的希米伦、神经质的费尼钟，还有规矩多到数不清的公园管理员，大家似乎都尽力想在一个不稳定的、让人害怕的世界中建立起某种秩序。头两本姆明系列的书《姆明和大洪水》和《姆明山谷的彗星》，明显写的就是那些被大灾难逼得流离失所、妻离子散的家庭。

很多人对战争都有出色的描写，但是鲜有人能像托芙·扬松在《魔法师的帽子》中那样，如此精准地捕捉到和平带来的喜悦，以及当战争结束时扫过人们心头的激动的颤栗——为又一次拥有的无限可能！当然，这本书并没有提到战争，就像《姆明山谷的彗星》也没有提到战争一样，但这本书甫一问世就大受欢迎，这证明了它与当时芬兰国内，乃至国际上弥漫的希望情绪多么契合。冬天就要结束了，初夏的那些蝴蝶是金色的，世界闪烁着无限可能的迷人微光，河床上、小溪中，刚刚重获自由的水流咯咯地欢笑着。在1947年扬松为赫尔辛基市政厅绘制的大型壁画《城市中的聚会》中，表现的也是同样的氛围。

托芙创作了多幅这样的壁画。她生活在公众视线之外（个人生活低调），但却是一位公众艺术家。当时，一场涉及广泛的文化运动正席卷欧洲，一批艺术家和作家期望借助自己的艺术作品，为儿童重塑想象世界，犹太记者杰拉·莱普曼就是其中一位。莱普曼于20世纪30年代逃离德国，于战后返回德国，并创办了国际青少年图书馆。莱普曼坚信，好的故事能培养人的同理心，促进各国间的相互理解，有助于人们建立一个更加美好的新社会。托芙也投身到这场运动中，虽然怎么看她都是一位内向的艺术家，但在此刻却扮演了一个重要角色。莱普曼设立了儿童文学奖项国际安徒生奖（又名：汉斯·克里斯蒂安·安徒生奖），托芙就是后来的获奖者之一。所以**艺术的又一项杰出功用，就是建设一个更美好的世界**。

至于托芙的各种公众角色，从讽刺作家到公众艺术家，直至最后成为芬兰某种意义上的文化大使，她的最大魅力来自于她的作品给人的亲近感。她最著名的画作是她的自画像（她甚至将自己和一只小姆明画进了那幅《城市中的聚会》），她笔下的许多人物都是以家人和朋友为原型的：姆明妈妈和姆明爸爸显然是她自己父母的翻版，而迪琪则是她的挚爱杜丽基·比埃迪拉的缩影。不过也有不少人物形象，取自她个人性格的各个侧面。动不动就紧张兮兮的费尼钟、老学究式的希米伦、头上戴花且性情梦幻的歌妮，都是托芙个性里的不同方面。

姆明故事发现并赞美生命中美好的事物——煎饼、友谊、夏日、魔法，还有最重要的——母亲。

与此同时，这些故事也会留出空间，让我们承认并直面自己的不足与软弱，就连阴郁也成为了书里的一个人物——哥谷。看看托芙是如何待她的。没错，哥谷是很吓人，没人盼着她来，但也没人一定要打败她。你得学会怎么应对她，因为你必须得应对她，万物生来如此，她就是事物的一部分，最好的办法是尽量理解她。《魔法师的帽子》结尾有一幅插图很绝妙，画的是为庆祝找回姆明妈妈的手提包而举办的聚会：所有人都受到了邀请，就连令人生畏的魔法师都被请来了，因为在姆明的世界中，敌人不必消灭，恐惧无需压制。邀请他们，给他们空间——我们的不足与软弱，同样值得拥有夏日阳光下的一席之地。**这也是托芙运用艺术的方式——邀约我们每个人出席，并告诉我们：以真我直面世界。**

托芙·扬松出生

托芙儿时

时值1914年8月14日，第一次世界大战刚刚爆发不久，在芬兰的首都赫尔辛基，维克多·扬松和希格娜·哈玛斯顿-扬松迎来了他们的女儿。他们给这个孩子起名托芙·玛莉卡·扬松，日后她会成长为著名的艺术家和作家。毫无疑问，她作品中最知名的形象是姆明，而姆明也是世界儿童文学作品中最不寻常、最受喜爱也最受欢迎的形象之一。

托芙儿时的作品

从出生那天起，托芙就被艺术的氛围所包裹。父母都是艺术家，她每天看着他们忙着创作新作品：插图、封面、雕塑等等。铅笔、颜料还有绘画材料，对托芙来说，就像玩具之于大多数孩子那般再熟悉不过。这也就难怪她基本上刚会拿笔，就开始画画了。

托芙的父亲维克多在1918年的一封信中这样写道：

“说不定我们的小托芙长大会成为艺术家。特别伟大的艺术家！”

托芙很早就展现出非常高的天赋。画这幅画时她只有四岁

扬松一家的家庭时光

筹备这么一场晚会真是有意思极了——你知道它肯定很好玩儿，而且来的都是对脾气的人！

——《魔法师的帽子》

扬松一家属于少数说瑞典语的芬兰家庭。家里总是忙忙碌碌。托芙的父母工作勤勉，但也喜欢聚会和交际。来往的朋友很多都是艺术家同道，他们会定期来托芙家里做客，讨论时政和艺术领域的新动向。小托芙很喜欢听大人们交谈。

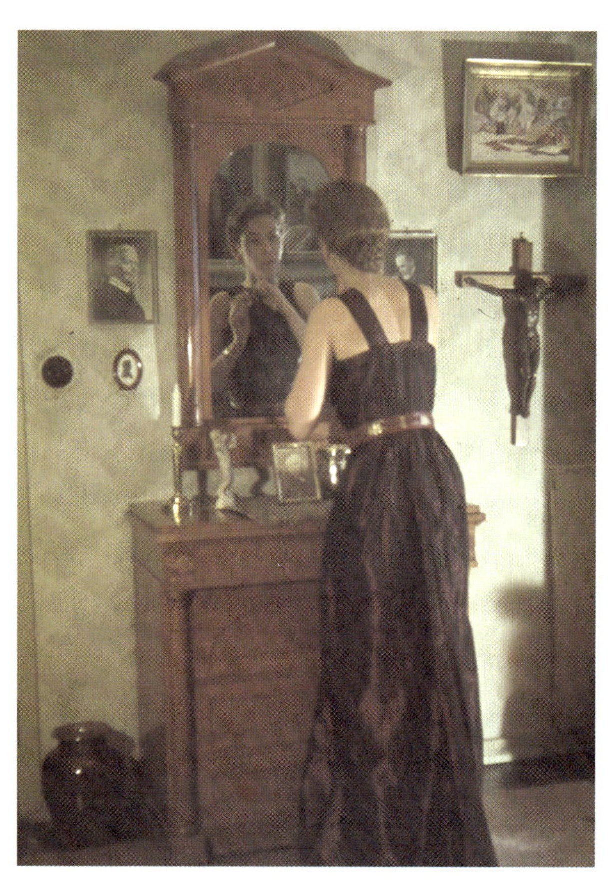

在化妆的托芙·扬松，
20世纪30年代于赫尔辛基

还不只是交谈，聚会上经常会有音乐，就像姆明家那些尽兴的晚会一样。托芙的父亲维克多会拉起手风琴，大家随之跟着唱起来、跳起来，有时家里的聚会会持续几天几夜，变得越来越喧闹。另外，还有“扎椅子”节目。维克多参加过芬兰内战，有时他和朋友们会重温当年战场上的旧事。他一直保留着当年打仗时的一把匕首，托芙还记得听见父亲和他那帮战友轮流把匕首扎进藤椅的吼叫声，就好像在跟敌人搏斗一样！

就算是在战时，对扬松一家来说，圣诞派对和庆祝活动也一直是家庭生活的重要组成部分——同时，这也是忘掉生活中日趋严酷的现实的好方法。

啊！把所有东西都吃光喝光，想聊什么聊什么，跳舞跳到脚都酸了，然后在破晓前的宁静里回家睡觉，那种感觉太美啦。

——《魔法师的帽子》

托芙的父亲——“法范”
（1886 — 1958）

托芙的父母都有绰号。她的父亲维克多被朋友和家人叫作“法范”（Faffan）。这要追溯到当年他上学时被体育老师一通吼的经历。老师说他站在那儿老是神游天外，像个老头儿（芬兰语：fafa）。

年轻的法范对体育可能没下什么工夫，但对艺术却竭尽全力。他前往巴黎学习，也是在那儿爱上了雕塑。后来，他成为职业雕塑家，以创作雕像和纪念碑为生。

托芙的父亲维克多，1940年于佩林戈群岛

虽然法范因成功设计了多座男性形象的芬兰战斗英雄纪念碑而成名，但相比之下，他其实更偏爱创作女性形象。他最著名的女性雕塑是完成于1931年的《生命之花》，这座雕塑至今仍矗立在盖萨涅米公园。另外他还为爱斯普拉纳地公园的一眼喷泉创作了一条美丽的美人鱼。这两座公园都位于赫尔辛基市内，而两座雕塑的模特也都是他的女儿托芙。

法范在创作，1950

在芬兰靠创作雕塑谋生并不容易。为了拿到项目，很多时候雕塑家之间不得不相互竞争，不管是战争纪念碑还是个人纪念像，很多时间和精力上的投入根本得不到物质上的相应回报。法范为此内心非常焦虑，这也很正常，因为不是每一单项目他都能争取到。不过，但凡他争取到了，就总要找个借口在自己家里再办一场聚会！

“唉，家里人有时候挺烦的。”他说道。

——《姆明山谷的伙伴们》

托芙很仰慕自己的父亲，但有些时候，她也会觉得父亲难于相处。两个人在太多的事情上意见相左，特别是在政治观点和对战争的看法上。托芙不想与父亲争吵，但有时候想不吵都难！不过虽然有这些分歧，托芙与父亲维克多始终深爱着彼此。

托芙的母亲——哈玛
（1882 — 1970）

托芙的母亲全名希格娜·哈玛斯顿-扬松，为方便起见，大家都叫她哈玛。哈玛出生于瑞典，曾在瑞典首都斯德哥尔摩学习艺术。在巴黎学画时，她遇到了同在巴黎学习的托芙的父亲，两人相爱并结婚。

哈玛喜欢户外运动。骑马、登山、滑雪、划船还有射击，她样样在行。年轻时她曾是瑞典女童子军的首批成员，这个组织一直致力于让年轻女孩享受户外运动自由，多参加体育锻炼。后来，哈玛又成为妇女参政论者，投身于为女性争取权利的事业中。

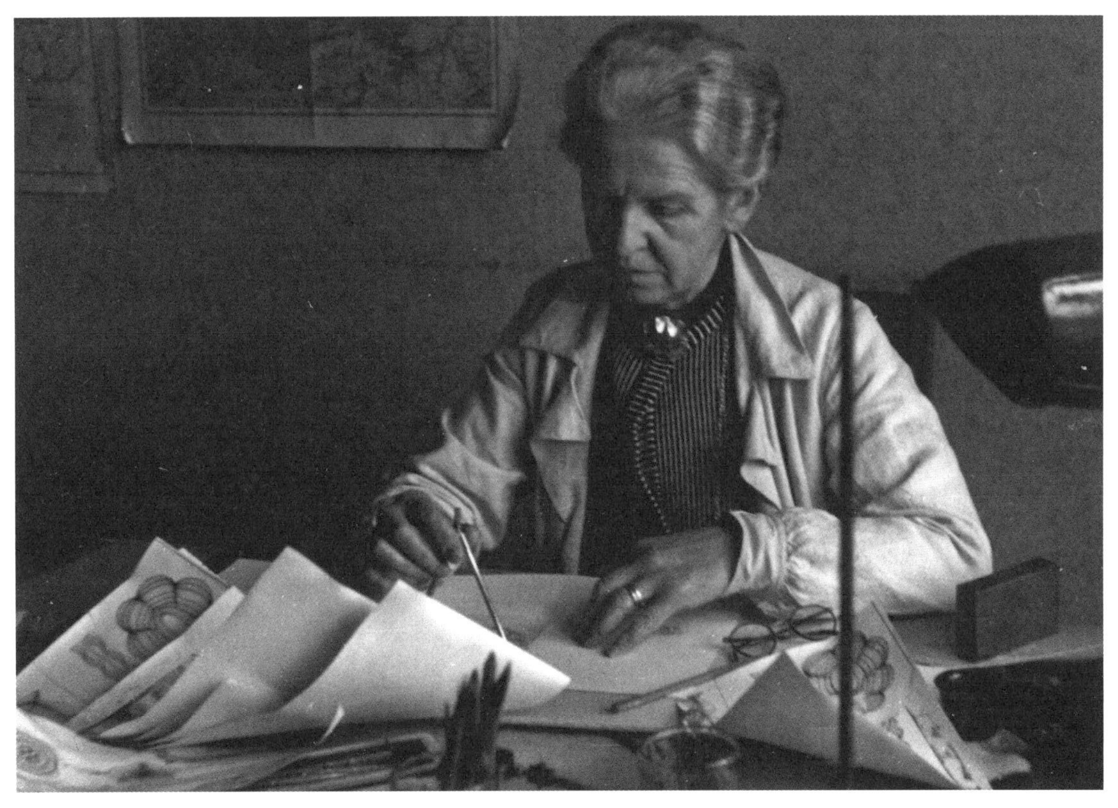

哈玛一生工作勤奋

托芙和母亲一起在家休息，1944

托芙的母亲同时还是优秀的插画家和设计师，作品在多种出版物上发表。她为书籍杂志完成的插图多达数百幅，绘制名人漫画像更是技艺高超。她甚至还设计过200余张芬兰邮票，其艺术作品还被印上了芬兰的纸币。

虽然有大量的设计和插画工作，哈玛仍然担负着料理家务和照顾孩子的重任。因为法范做雕塑的收入很不稳定，一家人往往要靠哈玛的工作来补贴家用。

托芙对母亲很依恋，母女俩关系非常亲密，始终都是彼此最好的朋友。即便托芙已经成人，哈玛成了老太太，两人还是喜欢粘在一起。在托芙看来，没有人比母亲更懂得自己。

再添两兄弟

在1920年，托芙的大弟弟出生了，那一年托芙六岁。大弟弟的名字叫珀奥洛夫。又隔了六年，小弟弟拉尔斯出生了。两个弟弟和家里的其他成员一样，都是很有天赋的艺术家，珀奥洛夫是一名天才的摄影家，拉尔斯则是漫画家兼作家，后来还帮姐姐托芙创作姆明连环画，其中很多文字和插画都是出自他的手笔。两兄弟都出版过短篇故事和小说。

托芙很爱自己的弟弟，三姐弟的关系始终很亲近。虽然托芙自己没有孩子，但能当侄子侄女们的姑姑也让她很高兴。珀奥洛夫有彼得和英奇两个孩子，拉尔斯只有一个女儿索菲亚，几个孩子经常和托芙一起度假，共享快乐时光。索菲亚和托芙的关系尤其亲近。从小到大，她很多时间都是在托芙身边度过的。

1962年出生的索菲亚是目前扬松家族姆明遗产的守护者。这副担子无论放在谁身上都是副重担，更何况托芙还是她的亲姑姑！扬松家族于1979年成立了一家公司，专门管理托芙姆明作品的版权相关事宜。在我写作这篇文稿时，索菲亚尚担任这家公司的董事会主席及艺术总监。索菲亚的足迹踏遍世界各地，与人们分享着姆明带来的快乐。

珀奥洛夫，1941

拉尔斯·扬松在建船模

托芙与侄子彼得、侄女英奇一起在佩林戈群岛度假，1952或1953

芬兰内战
（1918）

自1809年至芬兰内战爆发前，芬兰一直是俄罗斯帝国统治下的一个大公国。俄罗斯帝国当时的统治者是财富不可计数且武力强大的沙皇，沙皇认为，自己手中的权力是上帝直接赋予的。当时的芬兰也有自己的政府，但俄罗斯方面日盛一日的威压已经威胁到了芬兰的自主权。

1917年11月，俄国大革命爆发。大批俄国人揭竿而起反对沙皇的统治，支持沙皇的一派被称为白军，而起义的一派则被称为红军。最终沙皇被推翻，红军取得了政权。当时的社会局势一片动荡，不久，芬兰决定脱离新俄罗斯，宣布独立。

芬兰国内也分裂成了两派。支持成立社会主义政府的一派被称为红军，他们发动革命，推翻了政府，而支持政府的一派被称为白军。红白之战从1918年的1月一直持续到了当年5月，最终白军获胜。芬兰于1919年宣布成立共和国。

在战乱的几个月中，为了安全起见，托芙和母亲投奔了哈玛在瑞典的家人，而托芙的父亲，作为政府路线坚定的支持者，于1918年初参加了白军。尽管维克多幸运地从战场上全身而退，但那场战争吞噬了三万六千多条芬兰人的生命。而亲身经历了战争的维克多再也不是从前的维克多了，他变得喜怒无常，经常沉默不语。

舅舅、表兄弟和家庭的快乐

托芙的母亲来自瑞典的一个大家庭，这个家庭在托芙的生命中，尤其是她的成长岁月中扮演了非常重要的角色。她和瑞典的亲戚们一起度过了很多的快乐假日，扬松一家有时会前往斯德哥尔摩拜访住在那里的哈玛的家人。夏天的几个月里，一家人更常去的地方还是瑞典群岛中的一座小岛，哈玛家在岛上有一处房产。

托芙特别喜欢和瑞典的几个舅舅哈罗德、陀斯滕和埃纳在一起。三个舅舅都喜欢讲惊悚的鬼故事，托芙一边吓得半死，一边又听得津津有味，几个人有时候还比赛，看谁讲的故事最吓人。托芙特别爱听这种恐怖故事，自己还编了不少，即使到了晚年，她也仍然爱听让人脊背发凉的故事。

托芙的几个舅舅自己的生活也满是故事。有一次，陀斯滕舅舅试火药，结果不小心把厨房的炉子给炸了！还有一次，埃纳舅舅干了件傻事，他非要在薄冰上走，结果当然不出所料——冰裂了，他跌进冰水里，幸好最后没事。托芙后来把舅舅们的小冒险写成了一部短篇《我亲爱的舅舅们》，而舅舅们的性格特点，十有八九也在姆明们的身上体现了出来。

奇怪，小美这样的人，
怎么手就这么巧。
——《姆明山谷的冬天》

托芙：年轻的出版人

从素描、写作到缝纫和手工，小小年纪的托芙总是忙碌于创造新东西。她有着惊人的想象力，喜欢编故事。她最喜欢做的一件事，就是“出版”自己的杂志和书籍。下面是她早期的部分成就：

✱ 七岁至十一岁，托芙创作了共计14本小书，还配了插图。这些书大部分是童话、诗歌和鬼故事，包括《蓝骑士》《小狗刺毛》《闪闪公主》等。《小狗刺毛》中的小狗最后死掉了，可见即使是在这个年龄，托芙也不畏惧面对那些人们不愿触及的东西！

《蓝骑士》

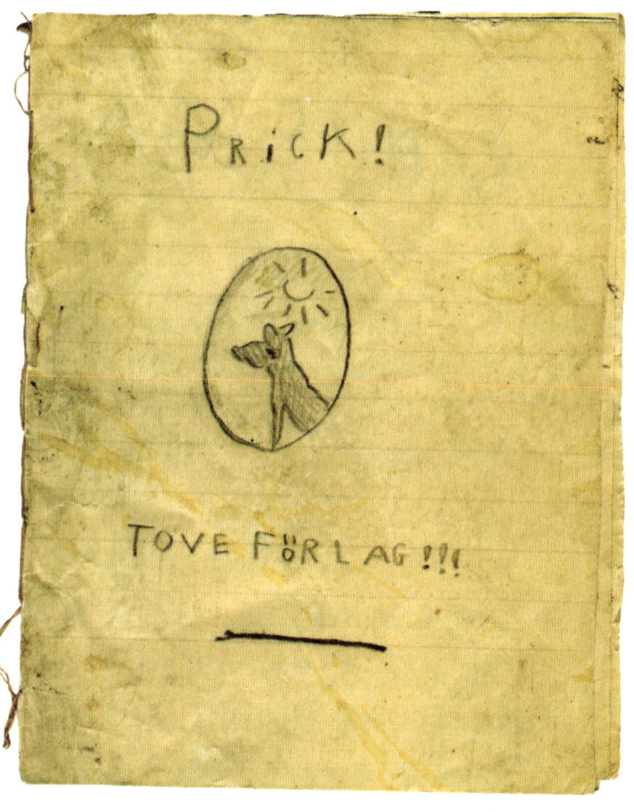

《小狗刺毛》

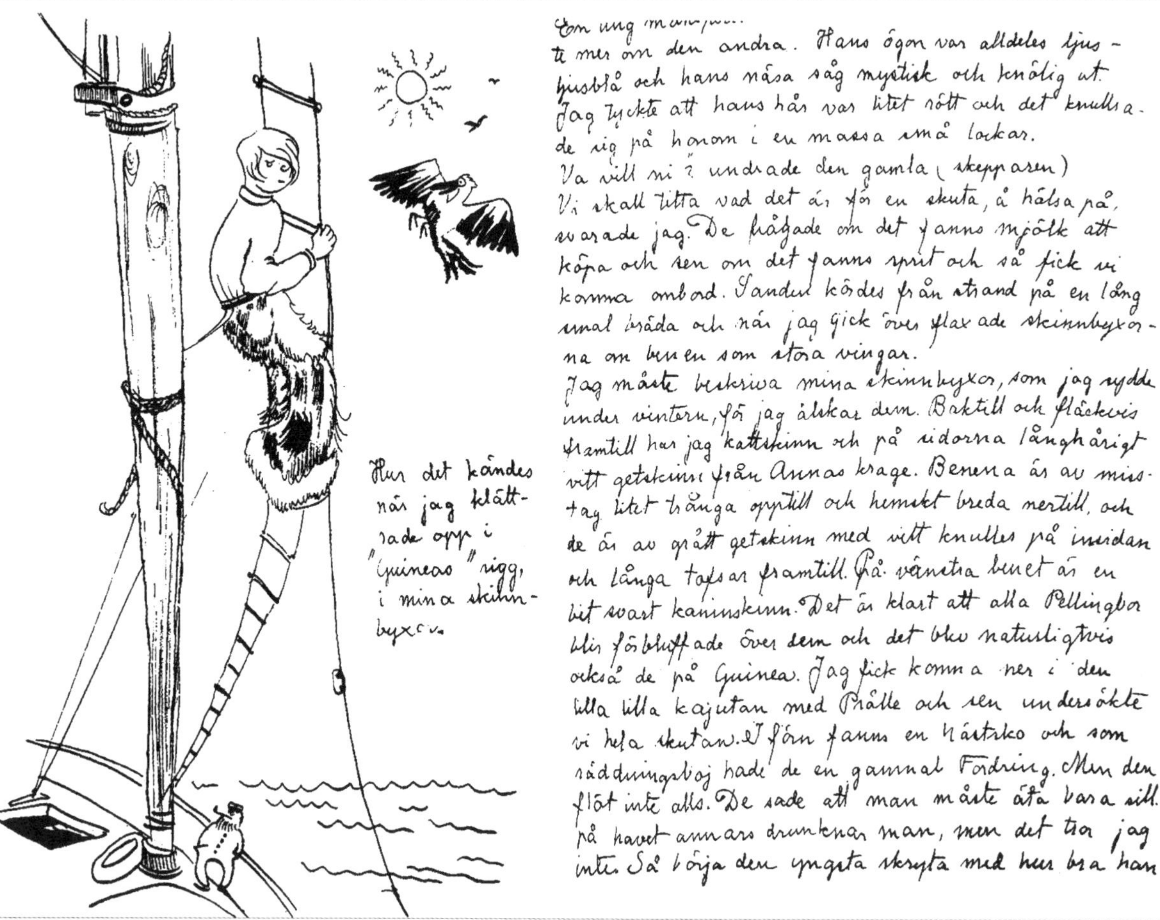

托芙12岁时日记中的一页，专门画出了她最喜欢的裘皮裤

✸ 从十二岁起，托芙开始记日记。日记记得非常详细，里面满是简笔插图，记录下了她生活中的点点滴滴：从和埃纳舅舅一起去游泳，到她那条心爱的裘皮裤是怎么亲手做出来的（她时时刻刻都穿着它）。

✸ 十三岁时，她的（真正意义上的）第一篇作品在杂志上发表。这是一首关于第六任芬兰总统的配图小诗，题目叫《为曼纳海姆欢呼》。

✸ 托芙在自己家里创作、设计并制作了杂志《仙人掌》，还带到学校里售卖。

PRICKINAS OCH FABIANS ÄVENTYR av Tove.

Metalljättar flögo med dån där förbi.
„Oj, svansen oss tar!” hördes Fabians skri.
„Prickina, håll fast, håll för all del i!”

Det tycks, som om flygarna tagit till vana
att söka i Nordpol’n plantera sin fana
— i hopp om en ärofull framtida bana.

Nu voro de framme vid världens gräns,
än var dock ej färden på äventyr läns.
„Hu!” ryste Prickina. „Hur kallt det känns!”

Men Fabian, rådig som karlar ska vara,
han lyckades genast problemet klara,
de byggde en hydda av flaggor bara.

Då stördes den husliga lycka och frid.
„Synbarligen utkämpar någon en strid
på taket”, sa Fabian — alls inte blid.

Fastän han ur Morfei armar blev väckt,
så flydde hans vrede som vindens fläkt.
— Där satt ju en larv av hans egen släkt!

Frenckellska Tr. A.-B. H:fors, Anneg. 32.

Från skyn har kommit ett bud, en sändning,
Sakerna tycks få en underlig vändning.

发表在儿童杂志上的作品——《普小毛与费小虫历险记》，1929

✸ 少年时代的托芙还创作过小说，并为之配图，作品包括《马蒂尔达与艺术》，还有《看不见的力》。《看不见的力》是一个很有意思的冒险故事，主人公会飞。

✸ 十四岁时，托芙的第一本图画书签订了出版合约，她成了名副其实的作家。这本名为《萨拉和蓓丽与水精灵章鱼》的图画书讲述两个孩子进入想象中的水下世界，帮忙照顾小章鱼的故事。虽然这本书五年后才出版上市，但单单能出版这件事就足以让这位小作者兼插画家激动万分了，尤其是她还拿到了500芬兰马克的稿酬。

✸ 1929年，十五岁的托芙在一本儿童杂志上出版了一组七联漫画，题目叫作《普小毛与费小虫历险记》，主角是两只小毛毛虫。

✸ 同年，托芙为杂志《嘎姆》完成了第一幅插画。托芙的母亲从这本政治杂志创刊起就一直为其工作（托芙为这家杂志工作至1953年）。

✸ 有一次，托芙的母亲忙着为一本儿童杂志赶工，托芙出手为母亲帮了忙。她不但画了封面，还给封底写了一则小故事，并配了图，故事是关于她创作的那两只小毛虫普小毛和费小虫的。母亲忙得团团转，能帮到母亲，还能给家里挣些收入，托芙感觉特别自豪。

学生时代的托芙

托芙就读的中学是赫尔辛基的布罗伯格中学，但她读书读得兴味索然。她最不喜欢的课是数学课，有时还考不及格，只能参加补考。更让人惊讶的是，她居然会觉得艺术课无聊。有一次，托芙在黑板上画了一幅老师的漫画，怎么说呢，这至少让她和同学乐了一场。十六岁时，托芙终于得以离开学校，去做她真正想做的事——系统地学习艺术，别的一概不管。

1930年，托芙争取到了前往瑞典斯德哥尔摩工艺学院（现为瑞典国立艺术与设计大学）的学习机会，这也是她母亲当年就读的学校。艺术学院的这段时光让她兴奋不已，也让她大开眼界。托芙在这里学到了很多新的绘画技巧，如写生和装饰画法，她这些课的分数全部是最高分。她的专业是“出版物绘画”，各种类型的插画项目她都做过，比如广告和书籍封

托芙·扬松于20世纪30年代

自画像，1937年

面，等等，一路取得了多种奖项和奖学金，但学习并不是她的全部。在这里读书的这段时间，托芙还结识了很多人——她后来的一些多年好友都是在这里结识的艺术生。

现在，我该开始真正地生活了。

——托芙·杨松

结束了在瑞典的学业，托芙回到了赫尔辛基与家人团聚，随后她又进入了赫尔辛基的芬兰美术学院——也称阿黛浓美术馆学习。她已经很清楚自己对绘画的热爱，如今她愈发投入，也更敢于尝试了，只是，在芬兰美术学院学习了几年后，1935年，托芙还是决定离开。她觉得那儿的有些老师太过呆板，无法给人以灵感启发，而且他们的观点也过于迂腐。事实上，她和其他一些同学因为实在无法认同教授的艺术观点，干脆开始与教授对着干了。托芙对自己越来越有信心，她开始渐渐找到了自己的艺术方向，于是她决定租一间画室，这样就能全身心地专注于自己的作品。接下来的两年里，她仍然继续学习，不时会回到阿黛浓，同时也会在别的地方完成一些课程。她对艺术的专注是无可挑剔的。

1938年，托芙获得了一笔去巴黎学习的奖学金。她此前在巴黎学习过四年，非常喜欢那里。巴黎是一座很有韵味的城市，建筑典雅、画廊精美，到处是展览和艺术家们的街区，就连忙碌的咖啡馆和街边的小市场都能时时带给人灵感。托芙逛遍了整个巴黎，一路上尽可能把所见用速写记录下来。在这里，她有充裕的时间思考和发展自己的绘画风格。在女性单身旅行还不多见的年代，她却是完全独立的，一个人来去自由。

机缘巧合的是，正当托芙在巴黎学习期间，她的父亲也获得了去巴黎的奖学金。父女两人一起在巴黎的街头漫步，度过了一段非常快乐的时光。这段记忆成为两人共同的美好回忆。

作为艺术家的托芙

尽管一提起托芙·扬松，人们首先想到的肯定是她是姆明形象的绘制者和创造者，但在她自己看来，她首先是一位艺术家和画家。她喜欢画笔落在画布上的感觉，喜欢琢磨如何表现色彩和光影。她的绘画风格不仅受到当时多次艺术运动的影响，也随着她进入不同的美术院校学习、随着她游历到不同国家的脚步，一直在变化发展。

托芙·扬松于赫尔辛基，1946或1947

油画《画室》，1941

与许多艺术家一样，从很小的时候起，就有这么一个人随时能让托芙拿来入画——她自己。通过研究镜中的影像，她可以更好地了解人的外形，她喜欢画自画像，人的面孔让她着迷。她第一幅被选中参展的作品就是一幅自画像，那是在1933年。后来她又用钢笔、木炭、油彩和水彩等不同材质完成了多幅自画像，朋友和家人的面孔也经常在托芙的人物画中出现。

艺术灵感

托芙生活的年代，正是全球艺术文化领域异彩纷呈的时期。包括毕加索在内的许多艺术家正尝试以一种不同以往的全新视角观察世界：立体主义蓬勃发展，艺术家尝试着将绘画的主题拆解成不同的形状和维度。

20世纪40年代后，抽象表现主义画家尝试在不画出可辨识物的情况下传递情感。托芙的作品在20世纪60年代以前主要以再现性为主，也就是说画面上的人物和物体是可辨识的；但60年代后，她开始更多地尝试抽象艺术，也完成了一些相当出色的抽象艺术作品。

托芙的很多非姆明画作表现的都纯粹是她的奇思妙想，就像没有人写过的童话故事里的场景。有的画面奇幻美妙，有花草树木、小女孩、小鸟和小动物；也有的画面阴沉黑暗，有一种不安感。她的很多画都有一种梦幻般的超现实色彩。托芙年轻时，超现实主义（始于20世纪20年代）正方兴未艾，影响广泛。这个流派的艺术家试图将自己潜意识中最深层的部分表达出来，以期理解自己梦境和幻想的真实意义。

托芙是一位多面手，人物画、风景画和静物画样样出色。随着她在艺术界声名日盛，她开始接手各种工作，这些工作以不同的方式磨炼着她的技巧。“二战”结束后，芬兰兴起了一股大型公众艺术品的热潮，其主旨在于为普通大众创造人人都能看见、能欣赏的艺术作品。这些精美的大型画作目的是为饱受多年战乱煎熬的芬兰人鼓舞士气。此类“纪念碑”型的大型作品，托芙创作了很多，也对她构成了巨大的挑战——不论是在尺幅和难度上，还是在艺术性和创作技巧上。

1947年，托芙争取到了为赫尔辛基市政厅创作两幅巨型壁画的任务。完工后的两幅壁画上描绘着赫尔辛基城市内外人们欢庆的场面，反映了战争结束后的喜悦气氛。而对于姆明迷们来说，还有更重要的一点，那就是在其中一幅壁画上，托芙把自己也画了进去，她身边还有一只小小的姆明。

托芙·扬松的壁画《城市中的聚会》，1947
近景中坐着的就是托芙本人，她的酒杯旁边站着一只姆明

两年后，她为一家幼儿园完成了一面7米长的壁画，画上满是童话人物和姆明。这之后，很多这种类型的画作委托接踵而来，这也意味着在芬兰，从银行到酒店、从学校到医院，托芙的作品到处可见。

托芙和她艺术界的朋友们对文化艺术领域的新动向保持着密切的关注，不仅关注芬兰国内的，也关注其他国家的。他们就艺术、政治和哲学展开热烈讨论，经常聊至深夜。托芙本人的心态非常开放，对新观点总是饶有兴趣。

1943年，托芙在赫尔辛基举办了首次个人画展。此后她一直有定期展出，但是靠零碎卖画，还有创作公众艺术作品的酬劳并不足以维生，托芙需要再找些额外的收入来源，于是她开始接各种零活，包括给广告画插画。她还设计了大量的贺卡，非常受人们欢迎。

托芙在创作《城市中的聚会》时稍作休息，1947

托芙设计的贺卡

作为插画家，托芙出色得无可挑剔，她能针对各类不同人群，设计出投其所好的商业插画。作为艺术家，她的画作为她赢得了越来越高的尊重，她的作品被广泛展出，也为她赢得了越来越多的工作机会。

托芙·扬松还是一位杰出的作家。除了姆明系列故事，她还创作了不少给成年读者的小说，长篇、短篇都有。随着时间推移，姆明系列越来越成功，她也越来越忙。她不光要写作、画插图，还有大量新的姆明衍生项目和产品要设计和完成，从棋盘游戏到圣诞日历，可谓是包罗万象！能专心画画的时间比以前少多了，但只要有时间她总会画上几笔。

姆明的诞生

姆明是独一无二的。他们相当特别，可以说是有史以来最富哲思性的大鼻子奇迹之一，为儿童书籍增色不少。但是托芙是怎么想到要创造姆明这个形象的？是谁——或者是什么，激发了她的灵感？

厕所墙原貌

最早的姆明矮子精

托芙笔下最初也是最简单的姆明形象诞生于20世纪30年代，而且画的地方你简直想不到——是在厕所的外墙上。这个小家伙长着河马一样的姆明式大鼻子，像姆明一样直立着（不过看起来好像不太友善）。当时托芙一家人正在度假。托芙和弟弟珀奥洛夫围绕着德国哲学家康德展开了一场激烈的争论。到底是为什么争起来的，谁也记不清了。但是不知怎么，争着争着，托芙灵光一闪，画出来这么一个像姆明一样的小动物来佐证自己的观点。她给他起名叫“斯诺尔克”，还在旁边写下一句“自由是最好的东西”。斯诺尔克这个名字也自然而然地留了下来。姆明故事中就有两个小生物是斯诺尔克：歌妮哥哥和歌妮。他们俩看上去跟姆明像极了（除了一点：斯诺尔克的颜色会随着情绪变化）。

虽然现在人们更多时候叫他们姆明，但姆明们实际上是姆明矮子精。以姆明爸爸为例，他就说过当自己还是“年轻的姆明矮子精”的时候这种话。芬兰是盛产矮子精的国度，而姆明矮子精在托芙眼里是很特别的一种。“姆明矮子精”这个名字来自埃纳舅舅给她讲的一些故事，在瑞典语中写作“Mumintroll”（原作是瑞典语）。托芙小的时候，埃纳舅舅的故事里有种神秘的动物叫“姆明矮子精”，就住在厨房炉子的后面。埃纳舅舅的姆明矮子精们时刻准备着，要是托芙敢晚上偷偷溜下楼找零食吃，就会出来把她抓住。埃纳舅舅说，到时候那些姆明矮子精就会从藏着的地方跳出来，抓托芙一个现行，他们会用大鼻子蹭她，还会往她脖子上吹气！这么说来，儿童文学界真的该好好感谢托芙的舅舅！

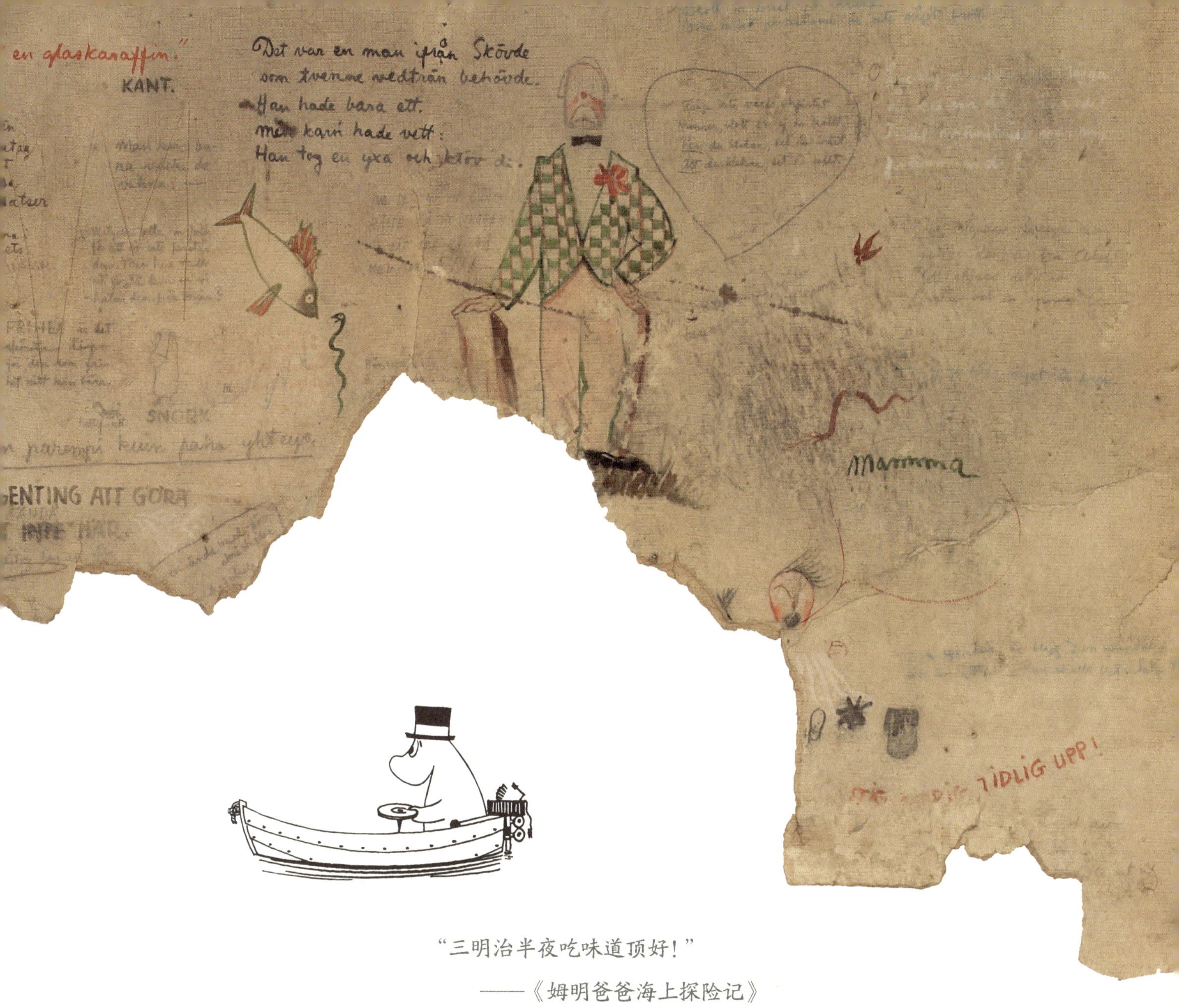

“三明治半夜吃味道顶好！”

——《姆明爸爸海上探险记》

这种认知就这样深深地印在了托芙的脑子里，后来她在儿时的日记中也是这样写姆明矮子精的，那些矮子精完全不像我们现在看到的这么友善。托芙写道，她听见他们半夜在床下窸窸窣窣，拽着她的拖鞋到处跑，心里害怕极了！

画有灯塔和黑色姆明矮子精的水彩画，20世纪30年代

托芙刚开始画的姆明，和现在深受读者喜爱的姆明书中那些温柔、柔软的形象明显不同。早期的姆明比现在胖乎乎的姆明瘦多了，长着一对尖耳朵，毛发的颜色要更深一些，看上去有点儿吓人。画面上的他们常常是孤零零的，周围的景色也是一片阴郁，在背景中拖出长长的暗影。

鼻子细长的姆明，1945

关于矮子精的神话

几千年来，在丹麦、挪威和瑞典这些斯堪的纳维亚国家，矮子精的形象一直是各种故事和神话传说的重要组成部分。

传说中，大山里生活着神秘的生物，至于他们长什么样子，做了些什么事，则取决于人们是从哪里听到这个故事的。有些矮子精像巨人一样高大，有些则像个小矮人。有些故事说他们的毛乱糟糟的，住在桥底下，还有的说他们住在洞穴里、岩石后面、窝棚里，甚至城堡里。比较一致的一点是：矮子精总是躲在阴影里，因为阳光会把他们变成石头。传说中的矮子精大多行动缓慢，不怎么聪明，独来独往，不喜欢被打扰。有些可能比较危险，说不定会伤人；还有些干脆脾气暴躁。总之，对于大多数的矮子精，还是不要去惹他们比较好。

托芙创作的早期的姆明形象，显然是根植于神话传说里矮子精的这些故事。那时的姆明阴沉而神秘，而今天的姆明身材圆滚滚的，模样和善，一身软软的皮毛，性格合群、文明有礼，和从前的矮子精简直没有什么共同之处。不过二者有一个很重要的相似点，那就是他们与周边自然的亲密关系。他们都是“自然的造物”。这意味着他们源于自然，很大程度上属于身处其中的自然的一部分。他们属于自然。

第一本姆明故事

托芙的第一本姆明故事创作于1939年至1940年的冬季战争（即苏芬战争）期间。后来她解释说，她之所以开始描绘这个想象世界，实则为了逃避战时现实生活中的种种。这个故事起初叫作《一次奇怪的旅程》（*A Strange Journey*）。托芙想要写一个童话故事，但又不想写成老生常谈的王子和公主，于是便决定启用她那个标志性的形象，并为他取名“姆明”。

“二战”还在继续。为了能画画，做一些可以补贴家用的重要活计，托芙将姆明故事的创作搁置到了一边，但在战争即将结束时，有位朋友催她赶紧把那个姆明故事写完再配上插图。时间到了1944年春天，入伍的大弟弟珀奥洛夫休假回家，托芙的创作热情重新高涨起来，故事终于写完了。随后她通过一家艺术出版公司印制了几百本，放在赫尔辛基的各处报亭售卖。这时已经是1945年，“二战”在这一年宣告结束。

在这本现名为《姆明和大洪水》的故事里，姆明和姆明妈妈到处寻找与哈蒂法特纳人一起离开的姆明爸爸。在这次冒险旅程中，他们遇到了很多人，有的友善，有的不友善。故事的结尾，大家重聚在一起，在姆明谷安顿下来。故事的情感源头非常清晰：那种茫然、缺乏安全感、拼命想找个安全之所的绝望，还有与失散的家人团聚时的轻松，真实地反映了托芙在战争期间的情绪历程。世界已经变了模样，而未来是个未知数，她和家人因为弟弟珀奥洛夫离家参战而日日担惊受怕，也因他的归来而终于放下心来。

TOVE JANSSON

SMÅTROLLEN
OCH DEN
STORA ÖVERSVÄMNINGEN

Tove

《姆明和大洪水》1945年首版封面

“二战”期间的芬兰
（1939–1945）

“二战”时，芬兰的处境特殊而艰难。1939年11月，当时的苏联领导人斯大林下令进攻芬兰。为了不被苏联全境征服，芬兰军队奋起抵御。然而，四个月后，芬兰还是被迫与苏联签订协定，芬兰就此丧失了十分之一的领土。这次战争史称“冬季战争”（又称苏芬战争）。

一枚炸弹落在赫尔辛基，1941

本来芬兰应该很自然地成为英美的盟国，但英美此时是苏联的盟国，导致芬兰无法向这两国求助，于是芬兰转向了德国。德国成为芬兰的盟国，并派兵进入芬兰提供保护。1941年6月，苏联对芬兰实施空袭，轰炸开始了。

画室幕后

画室幕后

随着战争进入尾声，托芙意识到自己需要一处合适的工作场地，一间正经的艺术家画室。1944年，她听说赫尔辛基市中心有一个地方正在招租，便马上赶了过去。

与城中的其他很多建筑一样，这间画室也在战时的轰炸中损毁得相当严重。窗棂早被炸飞了，屋顶漏水，刺骨的寒风穿堂而过，屋里冷得要命。尽管如此，托芙却从一开始就看到了这里的好处，清楚这里就是最适合她的地方：不只是工作的地方，也是一个生活的地方。

这间棱角格局的画室所在的街道叫伍兰铃兰卡图街。画室面积很大，天花板很高，光线充足，弧顶的窗子外，城市的美景一览无余。除了主画室，这里还配备了一间小小的卧室，非常适合托芙在这里休息。她下了很大工夫把损坏的地方修补好，让自己尽量能在这儿待得舒服些，并用画作、瓷器还有一些父亲的雕塑等个人物品，把这里布置得满满当当。

画家的生活并不轻松，钱总是不够用。托芙不得不卖掉一幅自画像，用以支付窗子的修理费和部分冬季采暖费用。

刚开始的几年，这间画室她只是租用。几年后，依靠姆明故事的收入，她的经济宽裕起来，才终于实现

托芙在整修完毕的画室中

了自己的梦想，把这里买了下来。现在谁也不能从她手中夺走它了，画室真正属于她了。

托芙热爱自己的画室。她在这里生活、工作了将近六十年，直至离世。夏天时她会去克罗哈如岛，其余的时间则留在画室里。她的绝大部分姆明故事都是在这里创作、绘制完成的。

一本姆明书的创作过程

托芙·扬松的工作习惯通常是先写故事。她不用打字机，更喜欢用笔写，用的是铅笔，这样回头修改文字时很方便，可以一边写，一边随时擦掉重来。

至于插图，她一般是用铅笔，有时也用钢笔，粗略地勾出构思。有时候，同一张图她会先画若干个不同的草样，直到满意了才定稿。

托芙为《姆明山谷的夏天》画的铅笔速写

托芙为《姆明山谷的夏天》画的铅笔速写

姆明和史力奇一起钓鱼。托芙会一直画到满意为止

第一本姆明书里的插图，托芙用的是钢笔水墨，而之后的姆明书中，所有插图都是用纯线条的钢笔绘制的。多年后，托芙以纯线条的画法重新为《姆明和大洪水》绘制了全套插图，想来应该是为了维持整套姆明系列风格的一致性。

《姆明山谷的彗星》的原插图

托芙改用线条画法再绘制左图

托芙亲自参与自己作品的整体设计，为此投入了大量精力。以《姆明山谷的彗星》为例，她先是手工制作出书的空白样，在空白页上粘好文字部分，然后把每页上的剩余位置量好尺寸大小，排出先后顺序，之后再借助速写为每幅插画找到最佳位置。对托芙来说，能随时监督书的设计，完全掌控书最后的整体效果非常重要。只有这样，文图搭配才能完美达到她预想的效果。

《姆明山谷的冬天》的速写和草图

灵感与想象

赋予姆明以生命

作家和艺术家常被问到这样一个问题："你的想法是怎么来的？是什么给了你灵感？"对于这个问题，即使作家或艺术家本人都很难回答，旁人就更难得出正确答案了。之所以如此，部分原因在于任何因素都可能对艺术创作产生影响，至于激发姆明故事创作灵感的是什么人或事，可以肯定的一点是：他们出自托芙·扬松不可思议的想象力。她的个性、家庭、所处环境、她的世界观和人生观、她的梦想和追求，还有她选择将这些呈现出来的手法，共同塑造了这些故事。所有这些，都通过她的文字和插画传递了出来。

姆明故事之所以吸引人，除了它独特的哲学观外，还有部分原因在于以不同物种概括角色类型的鲜明单纯：神经紧张的费尼钟，热爱条条框框的希米伦，遭人误解、忧郁的哥谷，等等。再就是他们居住的环境：这些生物生活在他们的天然栖息地——姆明谷是属于他们的山谷。不仅指姆明一家三口，广义上的"姆明大家族"在姆明谷同样活得自由自在，是那片土地的一部分——好比印度虎之于印度。

某种意义上说，只要你愿意，任何地方都可以变成姆明谷。姆明谷之所以是姆明谷是因为有姆明在，而姆明谷也为姆明们展开了画布，让他们可以书写自己的冒险旅程。从插画角落里草木植被的暗示，到姆明屋整体的设计蓝图，既有大笔写意，又有工笔细描，托芙·扬松让一切都活了起来。

她将自己的个人经历融入了纸上的故事中，但能让整个"真实"世界读者觉得姆明们仿佛就在身边的，是她所创造的虚构世界的普世性。

家人与朋友

托芙与父母一道去野餐，1940

托芙向来将家人和朋友看得很重，这一点在姆明谷的世界中也得到了体现。就像托芙自己的家庭一样，姆明一家是一个关系紧密的集体，总是相互帮助、相互扶持，同时也给他们的朋友以支持和帮助。但凡姆明谷遇到大灾难或有危险降临，他们都会拧成一股绳，共度难关。托芙和家人的关系同样紧密。显然，她觉得通过姆明传递她的价值观很重要。

姆明妈妈的形象塑造基本以托芙自己的母亲哈玛为原型，这一点她向来很乐于承认。就像姆明妈妈一样，哈玛有爱心，有智慧，有能力，随时准备分发食物、药品和良言；至于她到底有没有一个像姆明妈妈那样的手提包，里面装

满有用的物件，这个我不清楚，但显然，但凡一家人需要的，好像就没有她没有的。她是扬松家的核心，是托芙所倚赖的家的核心。托芙和母亲非常亲近，分开了会特别想念彼此，跟姆明和姆明妈妈的关系差不多。

都会没事的。

——《姆明山谷的冬天》

在我看来，托芙身上似乎有姆明的影子，不过更准确地说，应该是姆明身上有一抹托芙的影子，毕竟，他是她创造出来的。值得一提的是，在给朋友的信件中，托芙有时会把自己画成姆明。话又说回来，托芙在她所有的姆明形象中都留下了一小片自己。

"妈妈，我特别特别爱你。"

——《姆明山谷的冬天》

托芙很爱自己的家人和朋友，不过她也享受偶尔的独处，这给她时间思考和反思。小时在墙上涂鸦的那句"自由是最好的东西"，是她对人生最重要的一条总结。

对自由的这种渴望也在史力奇身上体现了出来。托芙笔下的史力奇是姆明谷里四处游荡的流浪者，需要自己的空间去梦想、去思考，是个极为独立的人。托芙的小弟弟拉尔斯就是个特别独立、思想天马行空的人。而托芙的好友，作家、思想家兼政治家阿托斯·威尔塔南也是这样。

托芙、阿托斯（左一）和托芙的父亲于佩林戈岛，1941

> “你要是太崇拜一个人，就再也不自由了。”史力奇忽然说，“这点我有体会。”
>
> ——《姆明山谷的伙伴们》

小美肯定是姆明书中最受欢迎的形象之一，她说话又冲又直，天不怕地不怕。你若是她本人还好，若是她身边的朋友，怕是会被气死！小美代表的是托芙的另一个侧面——有一说一的一面（尤其是面对她父亲和他那些政治观点的时候）。小美也是托芙生命中遇到的许多富有创造力、心思灵动、富于闯劲的女性的化身，包括她的老友薇薇卡·班德勒。

小美有一项非凡的本领，就是永远讲真话，哪怕这真话听着似乎很粗鲁。她有一条毒舌（比喻意义），还有一嘴尖牙利齿（就是字面的意思），咬起人来特别好用！她总有本事让人冷静下来落回到实处，有时还伴随着狠狠的一颠，尤其是在姆明们有点儿得意忘形的时候。

托芙·扬松极富幽默感，这一点在姆明系列中一览无余。这也是这套书特别吸引人的一点：令人莞尔的幽默与开怀大笑时刻交织，再加上托芙的人生哲学，才让这些故事变得如此独特。让叙述变有趣的往往是那些没说出来的言外之意，就以小美为例吧，虽然外表很不好惹，但同时她也很爱玩，爱恶作剧、爱开玩笑，不管遇到什么事，几乎总是开开心心的。

“说得太对了。”小美说，“我当然了不起了！”

——《姆明爸爸海上探险记》

姆明谷里有一个形象，托芙亲口承认有真人原型，这就是迪琪。迪琪头脑睿智、心地善良、个性坚强，而她的原型就是托芙的密友杜丽基·比埃迪拉。杜丽基的昵称就叫“杜缇”。

托芙和杜缇在克罗哈如岛

两人1955年在一次聚会上相识，很快就发现彼此间有那么多的共同点，包括对猫的喜爱！杜缇同样是一位很有天赋的艺术家，和托芙曾就读于同一所艺术院校。很快，两人就成为彼此生命中不可分割的一部分。

两人配合默契，不仅一起造了一座姆明屋，还一同设计了她们在岛上的家。杜缇后来也在赫尔辛基有了自己的工作室，跟托芙的画室在同一栋楼上，从那儿到托芙的画室很便利，穿过公用阁楼就可以。

杜丽基心灵手巧、动手能力很强，万事不求人。她会钓鱼、会盖房、会木工，什么坏了都会修，迪琪正和她一样。

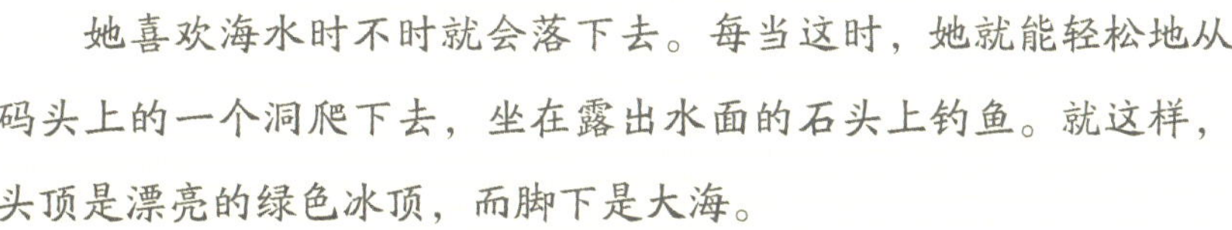
她喜欢海水时不时就会落下去。每当这时，她就能轻松地从码头上的一个洞爬下去，坐在露出水面的石头上钓鱼。就这样，头顶是漂亮的绿色冰顶，而脚下是大海。

——《姆明山谷的冬天》

在《姆明山谷的冬天》中，小姆明早早从冬眠中醒来，爸爸妈妈还睡得正香，于是小姆明开始体验新的独立、新的自我。他很快发现迪琪具备了所有的实用技能，能帮助他们一起熬过冬天。在托芙写下这些的时候，她自己也正拥抱离开父母的新生活。

“死了就是死了。”迪琪温柔地说，“将来，这只松鼠会变成土，从这堆土里又会长出新的树，树上又会有新的松鼠蹦来蹦去。你会为这个觉得特别难过吗？”

——《姆明山谷的冬天》

托芙和杜缇共同生活了四十多年，直至托芙离世。

无论我们遇到什么困难，我都毫无畏惧。

——托芙致杜缇的信件节选

姆明谷里还有两位居民，也是人们普遍认为有真实人物原型的。这两个人物就是某甲和某乙两位妙人。虽然托芙从未亲口承认过，但线索就摆在那里：在以瑞典语完成的原著中，某甲和某乙分别叫托斯兰（Tofslan）和比斯兰（Vifslan）。人们猜测，托斯兰的名字取自托芙，而比斯兰的名字则取自她的老友，同是芬兰人的剧院经理薇薇卡·班德勒。

某甲和某乙说着彼此才懂的密语，在旧手提箱中藏着两人共同的秘密宝藏，那就是红宝石之王，有豹子的脑袋那么大，光彩闪耀像跳动的火焰。他们最终得以将这块宝石展露在所有人面前。这段关系对托芙和薇薇卡而言意义重大，两人一直都是朋友。薇薇卡后来将三本姆明故事从瑞典语译为德语，并将两个姆明故事搬上了舞台。

陆地、大海与岛屿

佩林戈群岛

在托芙的姆明谷里，山脚下生长着成片的松树、桦树和白杨，森林中充满了生机与魔法，神秘的树精坐在高高的大树上，藏在枝叶间梳理着长发。林间有叶片簌簌作响，有鸟鸣，还有溪流和瀑布的汩汩水声。林中的大部分动物都能够相互交谈，只有在姆明的森林中，才能找到闲聊的老鼠太太和会说话的爬虫！还有那片孤山，神秘而凛然，山峰连天耸立，高得只是写下来都令人觉得头晕。

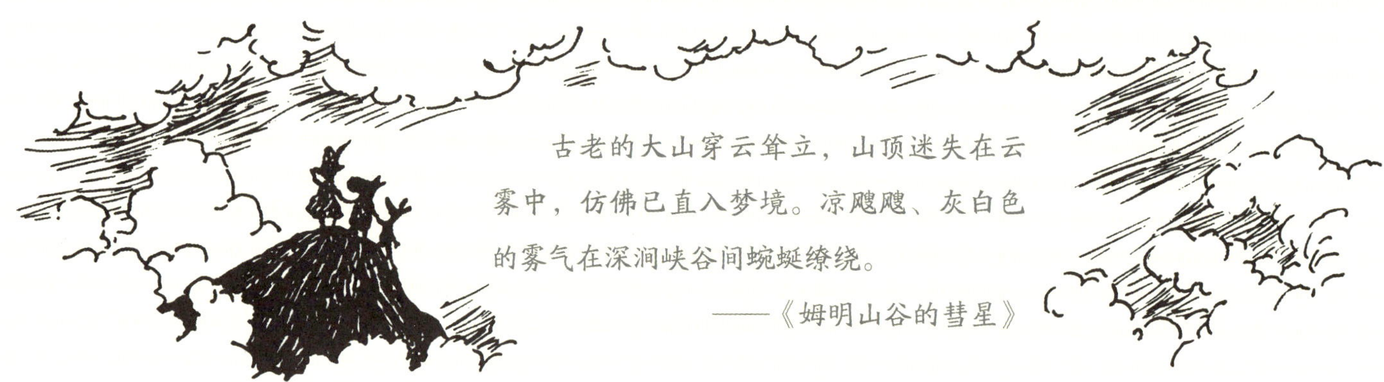

古老的大山穿云耸立，山顶迷失在云雾中，仿佛已直入梦境。凉飕飕、灰白色的雾气在深涧峡谷间蜿蜒缭绕。

——《姆明山谷的彗星》

一条窄窄的小河从孤山流下来，围着姆明谷绕了一个圈，才消失在另一条山谷的方向。

沿着海岸有许多座山谷。逶迤的群山连绵起伏，直至入海，变身为一处处岬角和深入蛮荒之地的海湾。

——《十一月的姆明山谷》

托芙的祖国拥有醉人的自然风光。芬兰的地形地貌多种多样，从冰雪覆盖的北极苔原到以松树为主的常绿森林，应有尽有。正是这些造就了托芙对自然、对身边环境的热爱。也正因此，自然风景在姆明的故事中扮演了一个角色的说法，就不足为奇了。

显而易见，给予托芙灵感的不仅是山脉、河流和山谷，还有矗立的森林。芬兰的大部分国土都被茂密的常绿森林所覆盖，林中到处是松树或云杉。而松针，当然就是姆明们冬眠前的最后一顿大餐，是用来填满他们胖乎乎的小白肚皮的美味呀。

醒来时，我就躺在那里，望着眼前这个绿色、金色和白色交织的世界。周围的树高大粗壮，立柱般撑起它们绿色的屋顶，将之托向令人目眩的高度。

——《姆明爸爸的回忆录》

Tove

托芙在佩林戈群岛，20世纪50年代

姆明谷的海滩面积小、石头多。沿着海滩，一路上满布水洼、野草、陡崖，偶尔也会有一处秘密洞穴。还记得吸吸在《姆明山谷的彗星》里发现了一处属于自己的山洞吗？当时那种孩子一样的兴奋谁能忘得了！

这是我这辈子最重要的时刻，这是我的第一个山洞。

——《姆明山谷的彗星》

芬兰的海岸线上有许多景色优美的海滩，还有众多岛屿。姆明们喜欢在海滩上消磨时光，游泳、航行、钓鱼或者单纯地放松。捡贝壳、搜罗被潮水冲上岸的“稀罕物”，这些活动在海滩上最合适（托芙的画室里就有很多贝壳）。海滩也是野餐的好去处，或者只是在那里小憩一下也不错。姆明们也的确喜欢美美地睡个午觉。

她找了一块阴凉地躺下来，从这里只能看到蓝色的天和在头顶摇晃的海石竹。“我就歇一小会儿。”她想着。可是很快，她就躺在温暖的沙里沉沉地睡着了。

——《魔法师的帽子》

岛屿是姆明世界的核心。它们象征着姆明爸爸的新开始——踏上未知的土地冒险。对哈蒂法特纳人来说，小岛象征着希望，也提供了一个把晴雨表放在柱子上的地方。

“让我们去岛上吧！”歌妮恳求道，“我从没去过小岛呢。”

——《魔法师的帽子》

芬兰湾

姆明们最喜欢的一件事，就是划着小船去探索散布在姆明谷周围的那些神秘小岛。芬兰的海岸线上也分布着数百座小岛，还有一个大群岛（一大群岛屿的绝佳总称）。

和许多芬兰家庭一样，扬松一家每年夏天都会离开城市，先乘渡轮，再坐小船，前往位于芬兰湾的佩林戈群岛。佩林戈距离赫尔辛基大约80公里，位于赫尔辛基东面。一家人也会去拜访隶属瑞典群岛的一座岛，哈玛家族的夏季度假屋就在那儿。

黎明渐渐来临。姆明爸爸独自和他的岛屿待着——他的岛屿。随着时间一小时一小时的过去，这种感觉越来越强烈。

——《姆明爸爸海上探险记》

托芙于佩林戈群岛，1930

度假屋有一个露台，夏天的晚上可以在室外吃饭，还有一座高高细细的角楼。听起来耳熟吧？因为托芙构思的姆明屋也是这样，有一座角楼，还有一处可供姆明们放松休憩用的阳台。

1947年，托芙和弟弟拉尔斯在佩林戈群岛的一座小岛上盖了一间小屋，他们给这间小木屋起了个名字，叫“风玫瑰”。母

托芙和家人一起享受户外聚会，1949或1950

亲哈玛经常会住在那里，家里其他人和朋友也会去。事实上，几年下来，因为去的人太多，小木屋越来越拥挤，于是托芙开始找别的岛，准备再来一座……

克罗哈如，这座孤零零的小岛正合托芙的心意。1964年，托芙和杜缇在岛上岩石遍布的岸边动手建起了一间小木屋，第二年，木屋完工。此后近三十年，每年夏天两人都在这里度过，克罗哈如是专属于她们的地方，是她们的度夏岛。在这里，托芙得以远离闹市喧嚣，找到她进行艺术创作所需的安宁与孤独。岛上的生活非常简朴，小小的木屋既不通电，也没有自来水，但托芙和杜缇在那里生活得非常快乐。

岛本身是绿的，悬崖却是红色的，就是他在图画中见过的那种岛，又偏僻，还有海盗盘踞。他觉得喉头都哽咽了。“小美，这简直太棒了！”他轻声说。

——《姆明爸爸海上探险记》

小木屋如今还在那里，一年有几个月可以上岛参观。1992年，托芙和杜缇度过了她们在岛上的最后一个夏天。不得不离开这里，这让她们心里特别难过，但两个人年龄已经太大了，去岛上已经不安全了。

他脑子里一团乱，想着海上的那些岛屿，想着所有人生活中发生的巨变。

——《姆明爸爸海上探险记》

托芙和杜缇，还有她们的船，于克罗哈如岛

可是灯塔一直在召唤。他们清楚，他们一定要去岛上，而且要尽快。

——《姆明爸爸海上探险记》

托芙喜欢在岛上生活，也爱灯塔。芬兰的海岸线上分布着近五十座灯塔，其中最高的一座位于芬兰最南端的本特岛上。

这应该是所有灯塔当中最大的一座了。你注意到了吗？这座岛是最最远的一座，再远就没有人了。除了大海，什么都没有了。

——《姆明爸爸海上探险记》

在陆地的边缘偏居一隅，独自面对狂风暴雨，迎接它们的冲击，这对托芙具有某种浪漫的吸引力。灯塔固然为她提供了所渴望的独处、安宁和静谧，但她对现实同样有着清醒的认识，那就是过度的独处对她同样是无益的。《姆明爸爸海上探险记》里那个脑子混乱的守塔人，不用说就是个相当古怪又孤独的角色。

“噢！当个姆明，在太阳升起时，在浪花中舞蹈！”

——《魔法师的帽子》

他们像海豚一样潜入浪底，再驾着浪尖冲向海岸。吸吸在浅水里玩。远处，史力奇仰面浮在水上，望着蓝色和金色的天空。

——《魔法师的帽子》

大海是姆明们的又一个家。和托芙一样，他们对大海同样既理解又敬畏，姆明谷的海并不总是一片宁静蔚蓝，它随时有可能变得狂野莫测，在风暴的搅动下怒浪翻滚。在姆明系列中，有多处讲到姆明一家和朋友们在海上遇险。

姆明爸爸望着狂怒的大海。巨浪扑上小岛，泼出漫天水雾，又带着刺耳的嘶嘶声退回海里。岬角那边更是涛声如雷。

——《姆明爸爸海上探险记》

扑进海里的托芙，于佩林戈群岛

随着托芙年龄的增长，她越来越深地意识到大海的力量。后来的那些年，遇上克罗哈如岛起风暴的夜晚，她和杜缇不得不常常轮流守夜看船，生怕船被风浪吹走。到最后离开克罗哈如岛时，托芙曾亲口说她已经有些害怕自己深爱的大海了。

> 姆明爸爸的身体微微向前倾着。他说："你瞧，海有时候脾气好，有时候脾气不好，没人明白这是为什么。我们只能看见大海的表面。可是如果我们真心喜欢海，那就没关系，我们得学会接受它好的一面，也接受它不好的一面……"
>
> ——《姆明爸爸海上探险记》

在芬兰这样一个岛屿众多的国家，坐船仍然是迄今为止最好的出行方式，托芙就是如此，姆明们也爱船。他们的那条"冒险"号，泊在一处小小的码头上，浪尖上总能看到姆明们的身影，不是扬帆出航，就是在划船或是钓鱼（当然了，只要有这样的机会，姆明爸爸总要掌舵）。

姆明爸爸驾驶着小船。他的一只爪子紧握着舵，感觉自己和船已经融为一体，得心应手。

——《姆明爸爸海上探险记》

天气

从《姆明山谷的夏天》的酷热难当，到《姆明山谷的冬天》的严寒刺骨，托芙完美再现了芬兰的极端气候。极端多变的气候是一种自然之力，对姆明故事中的许多重大事件产生了巨大的影响。许多儿童读物中，“敌人”只是一个人或者一个动物。姆明故事与这些书不同，姆明们经常要直面大自然抛出的挑战。大自然有着无穷的力量，我们有时爱它，有时怕它，但我们无法不敬畏它。姆明们深知这一点。

差不多七月末了。姆明谷里热得要命，就连苍蝇都懒得飞了。

——《魔法师的帽子》

芬兰人同样对此有着深刻的认识和充分的准备。芬兰的冬天，你要是穿得不对、穿得不够，去户外的结果八成是会被冻死。

雪是芬兰生活中极为重要的一部分。托芙曾说，姆明胖乎乎的形象就出自覆盖着厚厚积雪的树的样子，看起来就像个又大又圆的白鼻子……想想看还真是这样！哪怕是再参差不齐的形状，雪都能让它们变得圆润而友好。

食物与陆地

芬兰的野外生长着种类繁多的浆果，从草莓、树莓到罗甘莓、越橘和芸莓。难怪托芙给了姆明一家一个装满果酱的地窖（在冬天特别冷的那段日子，地窖里的果酱被冬季活动的动物们一扫而空。不过我敢肯定，事后姆明妈妈可以理解，而且，无论如何，姆明好歹给自己找到了一瓶）。

大桌上摆着大堆大堆亮晶晶的水果和大盘大盘的三明治，灌木丛下的小桌上摆着一穗穗玉米，还有串在草杆上的浆果，一簇簇的坚果依偎在自己的叶子上。

——《魔法师的帽子》

《姆明山谷的彗星》的早期钢笔水墨插图

不管是日常三餐，还是野餐，还是美味的聚会大餐（他们总能找到聚会的理由），姆明们总是吃得很开心。谁会不开心呢？

烤鱼是他吃过的最好吃的东西。

——《魔法师的帽子》

每个人的权力

在芬兰有种权力，叫作“自然享受权”（或漫游自由），广义上讲，就是公众有接近自然的权力。人们可以在大自然中随意来去，可以散步、骑车，可以采摘野生浆果和非保护植物，还可以滑雪或钓鱼！只要你离别人的房屋足够远，并遵守相关规定，保证不会破坏自然环境，支帐篷过夜都可以，就像史力奇那样！战争期间食物短缺，托芙和家人就是靠着采野果、摘蘑菇、捡野菜才熬过难关。

姆明们同样体验着这种自由，并感受着大自然对他们的护佑。姆明妈妈装好野餐篮，大家一起出门开始一整天的探险，因为他们可以这么做！谁也不能命令他们做什么不做什么，那个蛮横的公园管理员希米伦大概算是一个例外。大自然为他们提供了一切，这一点儿姆明们清楚，托芙也是。

谈到食物，不讲讲煎饼怎么能算完？热咖啡、热粥和煎饼是姆明早餐的绝配。爱吃煎饼的不止他们，《魔法师的帽子》里那位神秘的魔法师接过姆明妈妈递来的一盘煎饼和果酱时，就特别感激。

“我已经八十五年没吃过煎饼了。”

——《魔法师的帽子》

姆明的智慧一刻

姆明爸爸的身体微微向前倾着。他说："你瞧，海有时候脾气好，有时候脾气不好，没人明白这是为什么。我们只能看见大海的表面。可是如果我们真心喜欢海，那就没关系，我们得学会接受它好的一面，也接受它不好的一面……"

——《姆明爸爸海上探险记》

"我在想极光的事。你也说不清它是真的存在，还是只是眼睛看到的假象。所有的事情都是那么的不确定，但恰恰是这一点让我觉得安心。"

——《姆明山谷的冬天》

"死了就是死了。"迪琪温柔地说，"将来，这只松鼠会变成土，从这堆土里又会长出新的树，树上又会有新的松鼠蹦来蹦去。你会为这个觉得特别难过吗？"

——《姆明山谷的冬天》

姆明系列简史

正如本书一开始所说，姆明系列的“历史”是以下面这八本主要的姆明书中记载的事件为基础的。

- 《姆明山谷的彗星》
- 《魔法师的帽子》
- 《姆明爸爸的回忆录》
- 《姆明山谷的夏天》
- 《姆明山谷的冬天》
- 《姆明山谷的伙伴们》
- 《姆明爸爸海上探险记》
- 《十一月的姆明山谷》

此外，托芙·扬松还创作了一些姆明图画书。第一本姆明故事书，自然是《姆明和大洪水》，但这本书和后来的主系列有很大的不同。《姆明和大洪水》出版于1945年，也就是第二次世界大战结束的那一年，尽管读者反馈良好，但发行第一年仅售出了219本，直到20世纪90年代被托芙的瑞典出版商重新发掘才得以再版。另外，书中的原始插图也与后来的书截然不同，后期主系列的插图是钢笔画，而这本书的插图是钢笔水墨画（托芙后来给这本书重绘了插图）。

一年之后，《姆明山谷的彗星》问世，但真正为托芙赢得广泛赞誉的，是《魔法师的帽子》。这个故事讲的是吸吸发现了魔法师的帽子，并把帽子带回姆明谷，从而引发了一系列奇幻、古怪的事情。

此时，其他国家的出版商也开始有兴趣引进托芙的作品，将其从瑞典语（托芙是用瑞典语创作的）翻译过来。1950年，《魔法师的帽子》成为第一本在英国出版的姆明故事。

TOVE JANSSON

Comet in Moominland

《姆明山谷的彗星》英文版封面，1951

20世纪五六十年代《魔法师的帽子》英文版封面

随后托芙又根据《姆明山谷的彗星》改编创作了一部舞台剧，于1949年正式上演。紧接着，她的第一本姆明图画书《姆明与小美》问世。这本书的设计在当时显得非常独特，书页上有镂空，读者可以从这一页透过去直接看到下一页。书出版后大受欢迎，很快，托芙开始收获各种奖项。

再接下来的姆明故事是《姆明爸爸的回忆录》。这本书是用姆明爸爸的口吻讲述的，通篇采用第一人称，书中记录了在姆明爸爸看来惊心动魄又鼓舞人心的一生，从被遗弃在孤儿院开始，到他初遇姆明妈妈那改变命运的一刻，这些虚构的“回忆”为我们提供了姆明家族的历史，也让我们有机会了解姆明家的一家之长是如何看待自己的。说到写回忆录，托芙可是专家，她很小就已经开始写作，给杂志提供自己带插图的日记了。

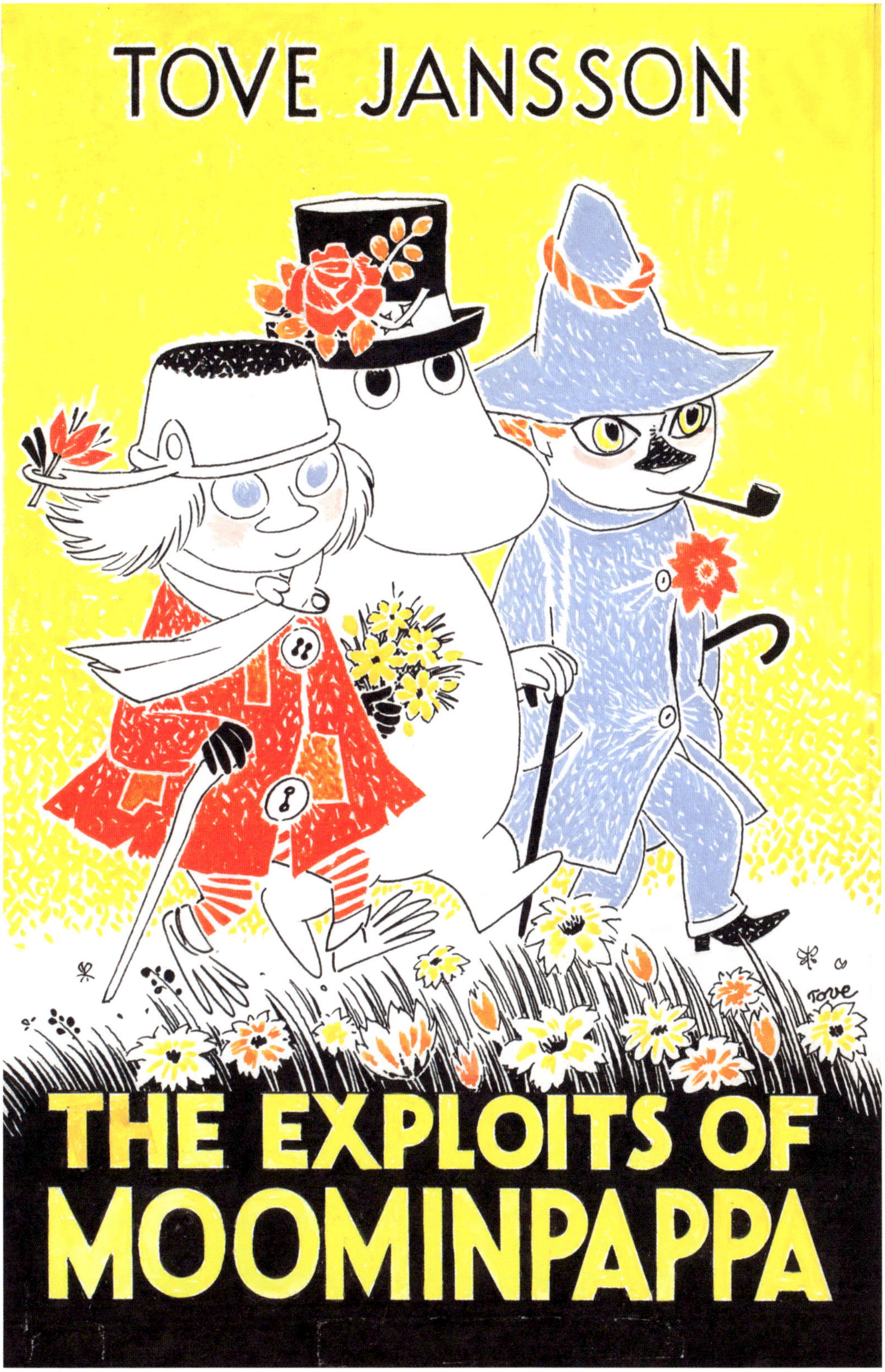

TOVE JANSSON

Tove

THE EXPLOITS OF MOOMINPAPPA

20世纪五六十年代《姆明爸爸的回忆录》英文版封面

自从因第一部姆明舞台剧与戏剧结缘，托芙就对剧院产生了浓厚的兴趣。在她接下来的故事《姆明山谷的夏天》中，她将这一点充分利用了起来：故事中姆明屋被洪水淹没，大家被迫撤离，姆明们暂时在一个漂浮的水上剧院里安了家，最后还开始上演自己的剧目。托芙把这部作品也改编成了一部舞台剧，并且取得了巨大的成功，剧中有剧，甚至连托芙自己也参演了。嗯，应该也算参演吧……她演的是舞台上那头狮子的后半截！

《姆明山谷的夏天》英文版封面，1955

然后是《姆明山谷的冬天》。小姆明从冬眠中醒来，发现自己身处神秘而恐怖的冬天。在迪琪的帮助下，他学会了去爱冬天，学会了接受死亡。这本书的中心人物是迪琪，而在托芙最初绘制的封面中央出现的也是迪琪而不是姆明。迪琪的创作原型是杜缇（杜丽基 · 比埃迪拉），她后来成为托芙的一生挚友。《姆明山谷的冬天》涉及的主题既包括孤独与死亡，也包括友谊、新生与美。而一切都随着春天的降临、姆明谷的苏醒圆满地结束了。

1959年，托芙创作了她的第二本图画书《谁来安慰托夫》。托夫是个新角色，这个小家伙什么都怕，紧张羞涩到不敢跟姆明谷里的其他人说话。后来，他遇到了被吓坏了的小妞，并从哥谷手里把她救了出来。这本书是托芙为杜缇所写，在斯堪的纳维亚半岛取得了巨大的成功。

《姆明山谷的伙伴们》创作于1962年，从中可以看出托芙写作方向的改变。这本书是九个短篇故事的合集，各自围绕不同的姆明人物展开。人物有新有旧，九篇之间各有不同，因为这一本不是小说，所以不大受部分读者的欢迎，但书中不乏优美的文字、对恐惧和禁忌的深刻洞察……以及所有姆明故事都有的憨态可掬和快活。让人印象深刻的《总担心大难临头的费尼钟》《看不见的小妞》和《爱静的希米伦》都出自这本故事集。

又过了三年，《姆明爸爸海上探险记》于1965年出版。通过描写姆明爸爸和他对大海的热爱，托芙似乎也在同时反思自己与父亲的关系。托芙的父亲已于1958年去世，此外，该书的创作时间正是她在克罗哈如岛修建木屋期间，这似乎也绝非巧合。这本书讲述的正是一个驾船去岛上开始新生活的故事。

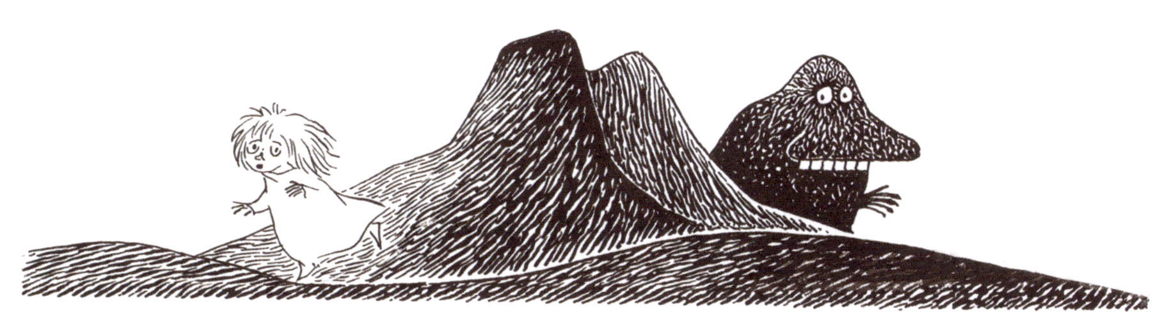

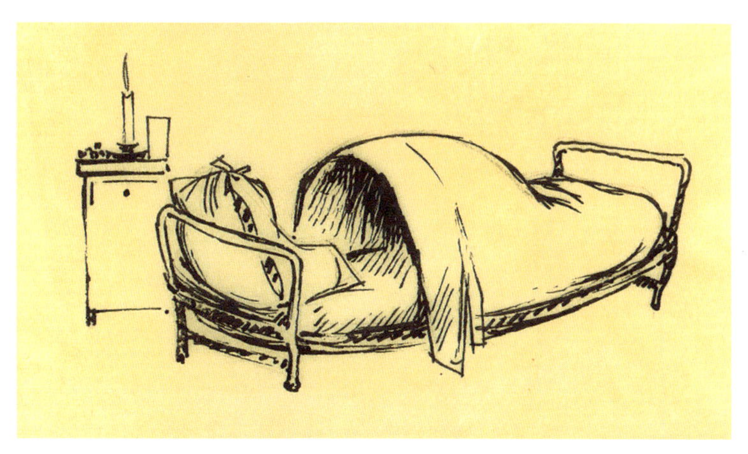

《谁来安慰托夫》中的插图速写

《看不见的小妞》插图速写

《姆明爸爸海上探险记》还探讨了与家人相处中出现的种种情绪：怎样找到一个人在家庭中的位置，这对家庭中其他成员角色的影响，以及如果这些角色发生变化，会带来怎样的结果。这些问题一直萦绕在扬松的心头。三年后，当她的《雕塑家的女儿》出版时，托芙对这些观点又做了进一步的阐述。《雕塑家的女儿》不是姆明故事，而是写给成人读者的回忆录，部分素材出自托芙本人的童年回忆。

托芙的最后一本完整的姆明故事是《十一月的姆明山谷》。这个故事应该是儿童文学作品中最让人伤感的一部了，我仔细想了想，认为应该也算得上是世界上所有文学作品中最让人伤感的一部。这本书的笔触异常地细腻、优美、轻快，虽说是姆明故事，姆明却从头至尾没有在故事中出现，这一点很不寻常。相反，它是通过史力奇、希米伦、嘟囔爷爷还有美宝这些人物对与姆明相处的回忆，构建出一座安静又安宁的姆明屋，等待着姆明一家的归来。

人们普遍认为托芙是在通过这本书抒发丧母的哀痛。1970年，托芙深爱的母亲哈玛离世。托芙选择了十一月来描写，是因为在芬兰，人们将十一月视为死亡之月，而故事中的一个关键人物托夫特就是一个在寻找母亲的孤儿。

有些姆明迷惊讶于这本书与其他姆明书迥然不同的基调，也有部分姆明迷认为这本书的主题过于成人化，对儿童读者来说不是那么好理解，还有人认为这本书是所有姆明书中最精彩的一本。不管是哪种观点，谁都不能否认这本书在姆明谷历史上的重要地位。

很多人误以为《十一月的姆明山谷》是托芙的最后一本姆明书，事实并非如此。1977年，托芙又出版了一本姆明图画书《危险的旅程》，不要说出乎大家的意料，这恐怕就连托芙自己都没想到。书中的主人公是一个戴眼镜的女孩萨娜，她和希米伦、某甲和某乙、小狗小苦苦，还有史力奇一起，开始了一次穿越姆明国度的旅程。这次冒险之旅充满奇幻、似梦似真、险象环生，简直都不像是姆明会经历的。托芙的插画风格相对松散，采用以铅笔打底的水彩画，令这部作品怪异又奇妙。

《姆明爸爸的回忆录》
英文版封面，1952

《魔法师的帽子》
英文版封面，1950

《姆明山谷的伙伴们》
英文版封面，1963

故事之外的故事

发表于《伦敦晚报》的《姆明漫画》第一集，1954

连载漫画中的姆明

托芙不仅写了很多姆明书，还创作了许多非常成功的连载漫画。这些漫画连续多年发表在世界各地的报刊上，让姆明成为家喻户晓的形象。

一切都要从查尔斯·萨顿说起。萨顿是伦敦的一位出版商。在读过《姆明山谷的彗星》后，萨顿马上意识到，姆明故事很适合拿来画成连载漫画，姆明故事风趣而富有哲理，读者一定会喜欢。于是他给托芙写了一封信，而托芙也同意为英国的《晚报》定期创作漫画。1954年9月，第一期姆明漫画与读者见面，读者反应热烈。很快，世界各地的报刊纷纷效仿，刊登姆明漫画的报刊数量达到120家，读者数以百万计，托芙自此成为成功的漫画家，而姆明的知名度也上升了一个台阶。

每期漫画只有三四联，托芙必须将故事线在这个有限的空间内完成，另外，还有重要的一点——每天的故事都要留下“悬念”，即留待第二天解决的问题……也是鼓励读者购买下一期报纸的手段！

虽然漫画取得了巨大成功，但托芙感觉画漫画太占用时间，而且每周都要想新点子，还要保证按时完成，压力有点儿大。

“够紧张吧？不过你看，这个秘诀所有优秀的作家都在用，就是在最惊心动魄的时候断章。”

——《姆明爸爸的回忆录》

64

För mig finns det inga tvivel om vem som är vackrast...

Skönhetstävlingen är avgjord! Första priset vanns av den bedårande....

10000 SIXPENCES

To me, there is no doubt as to who's the most beautiful...

The beauty competition is decided! Winner is the enchanting...

65

Hu vad det är melankoliskt när ens vän går och kärar ner sig i en hoppa...

Sniff! Sniff! Snorkfröken har vunnit första pris!!!

Och var är pengarna?

Ursäkta, du förstår, hon hade inga smycken så jag köpte lite juveler åt henne...

Oh, it's melancolique when one's friend becomes enamoured of a flapper...

Sniff! Sniff! Snork-maiden won the first price!

And where's the money?

Excuse me, you understand, she had no jewellery, so I bought some...

66

Må vara, att det var hennes skönhetspris, men begriper du inte att det är farligt att gå omkring med smycken för ett pund!

Vad var det jag sa! Där har vi stråtrövarna...
Tyst, för Tusan...

Well, well, well, I know it was her beauty-price, but don't you understand it's dangerous to jump around with jewellery for one pound!

~~What did I say~~! There you are! The brigands...
Silence, for the devil!

托芙的铅笔漫画草图

托芙和弟弟拉尔斯在画室里，1978

托芙的漫画设计和创作就这样进行了数年。到了1960年，工作量已经大到她无法承受。于是托芙和弟弟拉尔斯商定，由拉尔斯来接手。从此姆明漫画的文字创作和绘制，开始主要由拉尔斯完成。这项工作，拉尔斯一直坚持到了1975年，而他在这方面对姆明世界的贡献，也得到了人们的高度评价。

拉尔斯·扬松创作的漫画《战斗中的姆明》

“姆明热”

托芙前后共完成了九本完整的姆明系列故事、三本图画书和上百幅漫画，这还不包括填色书和海报等其他多种相关姆明产品。

姆明系列的成功带来了许多令人兴奋的机遇：例如，20世纪60年代，德国曾推出由托芙和拉尔斯创作的姆明布偶动画；随后，日本也推出了一套姆明系列电视动画片，进一步扩大了姆明的观众群（虽然托芙本人对这部动画中姆明的形象不太满意）。1978年至1982年间，波兰制作了一部78集的全新姆明动画，并在多个国家播出。20世纪世纪80年代到90年代，日本再次推出一部姆明动画，集数比波兰的还要多，这次托芙和拉尔斯全程监制。日本的这部姆明动画系列全长一百余集，播放过这部动画片的电视台遍布世界各地。正是这部动画，掀起了“姆明热”，也就是芬兰人所说的muumibuumi！这个系列吸引了大量的观众，他们中的许多人因此第一次阅读了姆明的书和漫画。

随着“姆明热”席卷全球，《姆明山谷的彗星》被拍成了电影，各种姆明展、姆明衍生品及推广开始涌现，甚至还推出过一部姆明的歌剧。1974年，这部歌剧在芬兰国家歌剧院进行了首演，该剧改编自《姆明山谷的夏天》，由托芙和作曲家伊尔卡·库西斯托通力合作，精心打造完成。托芙对细节十分注重，她将歌剧的曲目单设计成姆明妈妈手提包的样子，打开后就露出里面的“电话卡”，演员的名字印在上面。

“我觉得当名人挺无聊的。”大快活说，“可能刚开始挺有意思的，可是我猜接下来你就习惯了，再下来很快就烦死了。就跟坐旋转木马一样。”

——《姆明爸爸的回忆录》

托芙与弟弟拉尔斯合作，为“保持瑞典清洁”运动设计了一系列让人耳目一新的海报

世界各地的姆明

姆明故事被译成多种语言，下面是他们在其中一部分语言中的称呼（还记得吗？虽然姆明系列最早是在芬兰出版，但却是用瑞典语创作的）。

Mumin

瑞典语

姆明

中文

Les Moumines

法语

MOOMIN

英语

Die Mumins

德语

Mumitroldene

丹麦语

Muumi

芬兰语

Moemin

荷兰语

Муми-тролли

俄语

日语

Mumin

意大利语

Mummitrollet

挪威语

Muminki

波兰语

무민

韩语

Los Mumins

西班牙语

奇幻世界

托芙也会应邀为其他作者的作品绘制插图。1962年，她应邀为J. R. R. 托尔金的瑞典版《霍比特人》创作插图，四年后，又为刘易斯·卡罗尔的《爱丽丝漫游奇境记》的瑞典版画了插图。托芙是个卡罗尔迷，所以这份工作让她非常高兴。之前在20世纪50年代末时，她还给卡罗尔的诗《猎鲨记》画过插图。

托芙为《霍比特人》画的部分草图和插画

给孩子们的信

托芙一生中给家人朋友写过大量信件，很多信上都画着速写和素描，这些信件对我们了解托芙在职业生涯各个阶段中的想法、感受和体验非常有帮助。其他的信件也有很多，对孩子们的来信，托芙从来都是耐心地以亲笔手写信逐一回复。给托芙写信的小姆明迷很多，有的会在信里提各种各样的问题，还有的会把自己的画寄来，每天这样的来信托芙都会收到几百封。逐一回复很不容易。但，不管怎样，托芙做到了。

1963年，托芙把写信这件事上升到了一个新高度：芬兰报刊局请扬松代表圣诞老人，给全世界写信给芬兰圣诞老人的孩子们回一封信。托芙的这封回信是一封精美的手写信，还配了插图。信里，圣诞老人把自己的圣诞计划一一道来。

Dear english Child!!!
When I first heard that the whole Finnfammily Moomin-
troll was going to England I went to Moominpappa and asked iff
I should pack the ususual things we carry with us on our wan
derings around. Its only the story about us ~~which~~ wich is to go to
London, moominpappa said. But do rite to the Englishmen
and explain what a moomin is for a something. Perhapps they
havent any such there over.
Dear child is it really ~~possibl~~ possibel you havent any Moo-
mintrolls? Or not even know what a troll is for a some-
thing? I draw very badly but about like this →
he looks like. They are small and shy and hai-
ry and there are lots and lots of them in the
Finnish forests. The greatest differance between
them and us is that a moomintroll is smoooth
and likes sunshine. The ~~usual~~ common trolls popp
up only when its dark.
Snufkin assserted that you arent habernitng either in
England. Its quite horrid! Are you really awake the who-
le long black cold winter??? Pooor children!
Now you are quickly going to let your house be snowed ~~in~~ up
and iff you havent one then dig you in a snowdrift as soon
as november comes. There you have it warm and fine
untill Spring. But before you go to sleep you have to eat
properly pineneedles and take your woolly knickers on.
My respect to your fathers and mothers from the lot of us!
I do hope you are going to like us!
And iff it isnt too much asked ~~please~~ it would be awful-
ly fun iff you saluted the King and the QUEEEN too.
Moominpappa says They Are lodging in London in a
moominhouse of gold!

MoominMamma

P.S. Please excuse my ~~rotten~~ rottn' english you see
moomins go to school only as long as it amuses them.

这封回信出现在英文版《魔法师的帽子》里

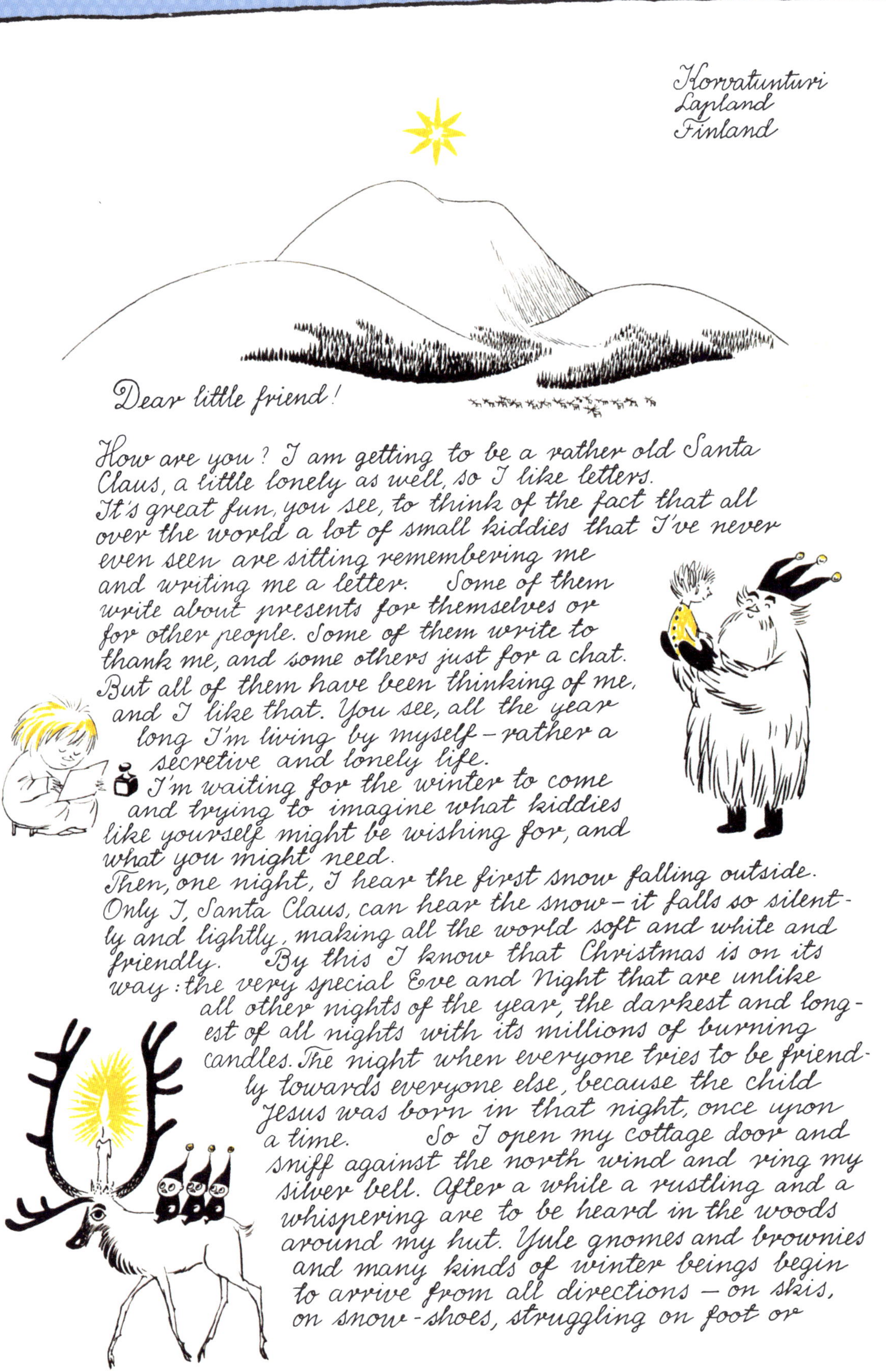

Korvatunturi
Lapland
Finland

Dear little friend!

How are you? I am getting to be a rather old Santa Claus, a little lonely as well, so I like letters. It's great fun, you see, to think of the fact that all over the world a lot of small kiddies that I've never even seen are sitting remembering me and writing me a letter. Some of them write about presents for themselves or for other people. Some of them write to thank me, and some others just for a chat. But all of them have been thinking of me, and I like that. You see, all the year long I'm living by myself – rather a secretive and lonely life. I'm waiting for the winter to come and trying to imagine what kiddies like yourself might be wishing for, and what you might need. Then, one night, I hear the first snow falling outside. Only I, Santa Claus, can hear the snow – it falls so silently and lightly, making all the world soft and white and friendly. By this I know that Christmas is on its way: the very special Eve and Night that are unlike all other nights of the year, the darkest and longest of all nights with its millions of burning candles. The night when everyone tries to be friendly towards everyone else, because the child Jesus was born in that night, once upon a time. So I open my cottage door and sniff against the north wind and ring my silver bell. After a while a rustling and a whispering are to be heard in the woods around my hut. Yule gnomes and brownies and many kinds of winter beings begin to arrive from all directions – on skis, on snow-shoes, struggling on foot or

托芙·扬松给全世界写信给芬兰圣诞老人的孩子们的回信
图中文字中文翻译详见354页附录

姆明的智慧一刻

这是个开始旅行的好日子。山顶在阳光中向他呼唤，小路蜿蜒而上，在山的那一边消失。沿着这条路向前，你会发现一座新的山谷，和又一座山……

——《魔法师的帽子》

再说，人总在同一个地方坐着，会感到厌倦的。

——《魔法师的帽子》

“我觉得顺着弯弯曲曲的河漂流而下，特别有冒险的感觉。”姆明说，“你永远也不知道下一个转角会遇到什么。”

——《姆明山谷的彗星》

工作且热爱

托芙·扬松享受生活中简单的事——美好的风景、在海里畅游、一张舒服的床。只要能写、能画，能见到家人朋友，她基本就心满意足了。财富、名望，和一切物质的东西对她都没有太大意义。能自由地创作想创作的艺术作品，于她就足够了。和托芙一样，姆明也享受简单的舒适，善于从日常生活中发现快乐。在他们的观念中，爱与友谊高于一切。

没有什么比舒适更惬意，也没有什么比舒适更简单。

——《十一月的姆明山谷》

托芙一生都在辛勤创作，因为她热爱自己的工作。她对生活的态度可以用她的座右铭：Labora et Amare（工作且热爱）来概括。她将这句话印在了自己手工绘制的藏书票上，这张藏书票她印了很多，在许多藏书里都贴了它。这张藏书票也出现在本书的开头。如果你仔细观察，会看到在藏书票的右下角有一只小小的姆明：好像不把他画上就浪费了一个机会似的！

"但，一旦你开始想要这要那，就会这样了。现在，我只是看看；当我离开的时候，我会把它们都装进脑海，这样我的双手就能永远空空如也，因为我完全用不着拎手提箱。"

——《姆明山谷的彗星》

托芙的生活也随着时间推移发生了天翻地覆的变化。她这一生，一步步从学画的年轻穷学生，一路成长为芬兰最著名的作家和艺术家，年轻时的她根本想不到自己能取得如此成就。随着姆明的形象为各国读者熟知，托芙也开始得到全世界的普遍认可，拥有了成千上万的忠实读者。迪琪曾帮助姆明应对冬天，而杜缇则以同样的方式帮助托芙应对名望。（或者这个比方倒过来说也对。）

人们往往将姆明视为给儿童设计的形象。但是托芙·扬松在落笔时并不仅仅是为儿童读者而写，姆明故事也是为她自己而写，这应该也是为什么姆明世界对儿童和成人读者同样具有吸引力，不同年龄段的人都能领略其中的乐趣。小孩子喜爱萌萌的姆明形象，喜欢读他们那些刺激的冒险经历；年龄稍大的孩子和成人则喜欢书中的智慧与深刻，还有优美的插图。姆明故事是目前为止最具哲理性、最发人深省的儿童文学作品之一。

姆明故事涉及的主题包括家庭、坚韧、求生、爱与友谊，所有这些都是普世的价值，这就是为什么姆明会受到全世界读者的喜爱。人们喜欢姆明，是因为他们表达出的情感与想法，我们所有人都在某些时刻体验过——而且姆明的表达方式非常直接、容易理解，有时候还很幽默。

托芙于2001年离世，享年87岁，但她优美的画作与文字会让我们永远铭记她。她为我们大家留下了富有魔力的姆明遗产。今天我们有多不胜数的选择：从带有精美插图的姆明故事书，到姆明电影或动画，还可以逛姆明商店，买姆明主题的水杯、T恤、盘子、文具，参观姆明展览，翻翻这本精彩的好书！正如俗话说的，“选择多如牛毛”。“姆明宇宙”很大，而且一直在扩展，不过让姆明之心持续跳动的，还是托芙的姆明书——那些姆明故事和故事中的人物。

除了多本姆明故事之外，托芙还创作过针对成人读者的小说、戏剧、短篇、散文及回忆录，她还为画廊、学校、医院和市政厅等场所完成了数百幅精美的画作和公共艺术作品。她的设计从书籍到杂志封面，从生日贺卡到棋盘游戏，包罗万象。她获得过众多荣誉和奖项，包括1966年获得人人钦羡的国际安徒生奖，但是最终，让人们永远记得托芙·扬松的是姆明——那个由小小生物组成的非凡的大家庭——他们与我们截然不同，又如此相似。

他们将永生。

致谢 

鲜有几本书能凭一人之力完成，像这样的一本书更是如此。在此我要感谢我的编辑艾米莉·福特，让我有机会更深入地沉浸在我自幼就钟爱的姆明世界里；感谢阿曼达·李，她的研究非常有价值，给了我一些意想不到的启发（阿曼达，谢谢！）；还要感谢罗娜·斯克比、贝基·柴克特和克里斯·伊恩斯，是他们的设计让本书得以如此精美地呈现在您眼前；感谢索菲亚·扬松以及姆明文化遗产的管理者，感谢你们提供的所有帮助与建议，感谢你们为我们调取历史资料所提供的便利。最后，当然还要感谢已故去的托芙·扬松本人。她通过文字和插画，凭借她对人内心世界的非凡洞察力，以及她看待世界的独特视角，为我们创造了比宝石和黄金更珍贵的东西。

菲利普·阿德

附　录

托芙·扬松给全世界写信给芬兰圣诞老人的孩子们的回信（节选）

亲爱的小朋友，

你们好吗？我几乎是一个垂垂暮年的圣诞老人了，也有点儿孤独，所以我喜欢写信。

想想看，世界上有很多我素未谋面的小朋友，坐在某处想着我，给我写信，这真是太有趣了。有些孩子的信里，写的是关于收到的或者送给别人的礼物；有些孩子写信专门来感谢我；还有些孩子，写信来只是为了跟我聊聊天。但他们一直都想着我——我喜欢这样。你们也看到了，一年到头我都是一个人生活——过着一种相当神秘而孤独的生活。

我在等着冬天的到来，想象像你这样的孩子可能希望得到什么礼物，可能需要什么惊喜。

然后，一天晚上，我听到外面下起第一场雪——只有我，圣诞老人，能听到雪的声音——寂静又轻盈，让整个世界变得柔软、洁白、友好。因着第一场雪，我知道圣诞节就要来了：这个特别的夜晚，和一年中其他的夜晚不同，是所有夜晚中最黑暗、最长的，是有数百万支燃烧的蜡烛的夜晚。这个夜晚，每个人都试着对其他人极尽友好，因为很久很久以前，还是个小婴儿的耶稣就是在那个晚上出生的。于是我打开小屋的门，迎着北风嗅了嗅，摇了摇银铃。不一会儿，我的小屋周围的树林里响起了沙沙声和窃窃私语声。圣诞小矮人、矮子精和各种各样的冬季生物开始从四面八方赶来——有的骑着滑雪板，有的穿着雪鞋，有的艰难地步行……

Tove